KB134265

〈일러두기〉
인터넷에 사용한 댓글은 따옴표를 사용해 표기했습니다.

할 수 있다고 했잖아

육아도 잘하고 싶고

내 꿈도 이루고 싶어

이 책은 경기도,경기문화재단의 후원을 받아 발간되었습니다.

추천사

육아도 하며 '일 매출 1,500만 원'을 올린 사업가, 우리 박시은 작가님. 제가 작가님에게 한 것이라곤 온기 있는 손을 내민 것뿐이었습니다. 나날이 성장하는 모습을 보며 저 또한 많이 배웠네요.

책을 다 읽을 때 즈음엔 스스로가 자랑스럽고 멋진 엄마로 성장할 수 있다고 느끼실 거예요. 우리 따뜻한 작가님의 책을 통해 기쁜 성장을 만끽하시길 바랍니다. 그리고 다른 엄마들에게 또다시 따스한 손길을 내밀어주실 독자님들을 마음담아 응원합니다.

김주하TV(YouTube), 마음이 담긴 말센스 연구소
김주하 대표

절대로 새싹이 날 것 같지 않은 메마른 곳에서 기적이 피어나는 따뜻한 책. 나를 잃고 푸석했던 작가의 모습은 어쩌면 우리들의 모습과 닮았습니다. 글을 읽다 보면 평범한 나라도 할 수 있다는 용기가 들 거예요. 치열하게 씨앗을 뿌리고 있는 세상의 많은 엄마들에게 추천하는 책 입니다. 기적같은 현실을 가질 수 있다고, 할 수 있다고, 결국 해낼거라고.

캡틴나나(YouTube)
김유진 대표

하나 하루 만에 1,500만 원이 생겼다

둘 육아가 전부인 줄 알았다

셋 움직이면 할 수 있다

넷 일도 육아도 잘한다

하루 만에 1,500만 원이 생겼다

이야기 하나

보고도 믿기지 않는 순간

모니터 속 숫자는 3초에 한 번씩 바뀌었다. 새로고침을 누를 때마다 숫자는 가파르게 증가했다. 난생 처음 보는 일일 판매량과 일일 매출액이었다. '이게 왜 이러지? 오류인가?' 보고도 믿기지 않아 열린 입이 닫히지 않았다. 말도 안 되는 상황이었다. 로그아웃을 했다가 다시 로그인했다. 증상은 똑같았다. 며칠 전 모르는 번호로 전화가 걸려왔다.

"박시은 대표님 맞으신가요?"

대표님이라 부르며 나를 확인하는 전화는 자주 오지 않는다.

사업을 시작한 지 얼마 되지 않아 일과 관련된 이야기를 나눌 인맥도 많지 않았고, 업무상 함께 일하는 사이라면 이미 명함을 주고 받았기 때문이다.

"이번에 홈 인테리어 관련 상품들을 모아서 봄맞이 기획전을 오픈할 계획입니다. 대표님이 판매하는 상품도 참여 가능할까 확인차 연락 드렸어요."

"제 상품이요?"

"네. 많은 고객에게 노출될 예정이다 보니, 판매 가격 대비 높은 할인율로 상품 공급이 가능하면 좋을 것 같습니다. 괜찮으실까요?"

한 플랫폼 마케팅 담당자로부터 걸려온 전화였다. 내가 판매하고 있는 상품들 중 판매량이 꾸준한 효자상품이 있었다. 상품을 사이트에 올릴 때 할인율을 크게 잡아 고객들의 시선을 사로 잡았다. 이 전략으로 매출은 증가했고, 고객들 사이에서도 할인된 가격에 비해 품질이 좋다는 후기가 들렸다. 마케팅 담당자도 그걸 눈여겨보았는지, 기획전에서도 그 점을 이용해 노출시켜보자고 제안했다. 봄맞이 기획전에는 다른 쟁쟁한 상품들도 올라올 예정이었다. 이 상품이 아무리 효자상품이라고 한

들, 그 사이에서 고객들의 시선을 사로잡을 수 있을지는 확실하게 알 수 없었다. 예상보다 반응이 없을 수도 있고, 반응이 있다 해도 어느 정도의 매출이 나올지 짐작하기 어려웠다. 무엇보다 이렇게 큰 플랫폼에 상품을 노출시켜본 적이 없었다. 뜸들이는 나에게 마케팅 담당자가 말했다.

"대표님의 상품은 이미 품질과 고객 수요 부분에서 보증된 상품이에요. 충분히 신뢰도가 쌓여 있는 상품이라, 오히려 큰 파급력을 줄 수 있을 것 같습니다."

플랫폼에 상품이 노출된다면 지금보다 더 많은 사람이 볼 수 있었다. 이 경험을 발판 삼아 더 높은 곳을 도전해볼 수도 있었다. 용기가 부족했지만 효자상품을 믿어보기로 했다. 효자상품을 메인 페이지에 노출 시키기로 결정했다.

상품이 기획전에 노출되기로 한 날. 처음에는 컴퓨터 오류인 줄 알았다. 2시간 만에 매출은 100만 원을 훌쩍 넘어 200만 원, 300만 원을 찍었다. 6시간이 지났을 땐 일일 판매량이 7배 증가되고, 매출은 1,000만 원을 넘겼다. '도대체 이게 얼마야?' 의심했지만 웃음도 나왔다. 그렇게 계산기를 빠르게 두드려 본 건 태어나서 처음이었다.

"무슨 계산기를 그렇게 신나게 두들겨?"

"실시간으로 매출 계산하고 있는데… 지금 1,000만 원이 넘었어…. 이러다가 1,200만 원은 그냥 넘길 기세야!"

"하루에 이렇게 많이 벌었다고?"

옆에서 지켜보던 남편도 놀라움을 감추지 못했다. 몇 시간 뒤 매출 1,500만 원을 찍으며, 봄맞이 기획전을 마감했다. 온라인 쇼핑몰을 시작하고 처음으로 위탁계약을 맺은 효자상품으로 1,500만 원이라니…. 긴장이 풀리면서 허리가 쑤셔왔다. 화면에서 여전히 눈을 떼지 못한 채 크게 한숨을 내쉬었다. 상품을 공급 받기 위해 업체에 용기내 연락했던 그날의 떨림이 떠올랐다.

생각해 보면 하루에 1,500만 원을 벌었다는 사실은 크게 중요하지 않았다. 그것보다 더 중요한 사실이 있었다. 일 매출 1,500만 원을 달성하기까지 나와 함께 걸어온 사람들. 그들과 노력한 일을 가치로 환산해 보면, 1,500만 원은 턱없이 부족한 숫자다. 이들이 없었다면 애초에 사업 시작은 엄두도 못냈을 것이다. 과거로 거슬러 올라가 본다면 과잉모성애만 가득한, 불안정한 엄마로 남아 있었을지도 모르겠다. 내가 육아도 일도 잘할 수 있게 만들어 준 주변 사람들의 응원이 떠올랐다.

내가 번 돈으로 해주고 싶었던 일

'이거 지한이한테 필요할 것 같은데 가져가서 봐봐.' 아이의 영아기 시절. 지인들이 물려주는 책들을 감사하게 받으면서도, 아이에게 새 책을 사주고 싶은 마음과 늘 부딪혔다. 아이는 어릴 때부터 책을 좋아했지만, 늘 돈이 부족했다. 사주고 싶은 책들을 장바구니에 담고 총금액을 보면 '헉' 소리가 절로 나왔다. 아이에게 해주고 싶은 건 왜 이렇게 많은 건지. 못해준 것만 생각났다.

주로 일반서점이 아닌 중고서점을 방문했다. 중고 그림책이라도 내 손으로 직접 골라 아이에게 읽어주고 싶었다. 책을 구매해서 집으로 오자마자 책을 소독했다. 알코올을 솜에 적셔

책을 하나하나 닦았다. 그대로 햇볕이 잘 드는 베란다 앞에 책들을 펼쳐 말렸다. 종종 주변에서 큰 차이가 있냐고, 귀찮지는 않냐고 물어봤다. 조금이라도 새것 같은 책을 아이에게 선물해 주고 싶었다. 알코올 적신 솜으로 한 장 한 장 책을 닦는 건 나에게 일도 아니었다.

"이게 사과야. 사과는 빨간색이야~"

아이의 표정을 살폈다. 알 수 없는 표정이었지만 그마저도 좋아서 웃음이 나왔다. 아이가 아장아장 걷기 시작하면서부터는 나에게 그림책을 직접 가지고 왔다. 맛깔스럽게 한 권을 다 읽어주고 나면, 또 다른 책을 가지고 왔다. 얼굴의 온 근육을 다 써서 책 속의 주인공을 흉내 내주면, 아이는 까르르 웃었다. 책을 대하는 아이의 적극적인 모습을 보며 생각했다.

'나에게 만약 100만 원이 생긴다면 모조리 아이 책 사는 데 써야지.'

월 매출 1,000만 원을 찍었을 때, 들어오고 나갈 돈을 계산하고도 여윳돈이 있었다. 책으로 탑을 쌓아도 남을 돈이었다.

바로 온라인 서점 사이트에 들어갔다. '어떤 전집을 사줘야 할까?' 가볍게 소전집을 검색했는데, 대형 출판사에서 나온 전집 광고가 눈에 띄었다. 색감도 훨씬 화려했고, 다양한 주제를 다루고 있어 내용도 알찼다. 대형 출판사여서 그런지 가격은 다른 소전집의 4,5배 정도였다. 매출도 많이 뛰었고, 아이를 위한 책이라고 생각하면 이 정도쯤은 무리 없는 가격이었다. 대형 출판사 전집 두 세트를 장바구니에 담고 바로 결제 버튼을 눌렀다.

전집은 크고 작은 박스 세 개에 나눠 담겨 왔다. 책이 어찌나 무겁던지 거실까지 가지고 오는 데 시간이 꽤나 걸렸다. 아이는 현관문 앞에서부터 발을 동동 굴리며 자기 것이냐고 격양된 목소리로 말했다. 박스를 올라탔다가, 테이프를 낑낑거리며 뜯으려고 하기도 했다. 아이와 함께 박스를 열어 책을 한 권 한 권 꺼냈다. 아이는 그 누구보다 활짝 웃고 있었다.

책을 책장 속에 다 넣고 나니 한 시간이 훌쩍 지났다. 박스를 정리하는데, 자신의 키보다 큰 책장 앞에서 한참을 고민하는 아이가 눈에 들어왔다. 그렇게 몇 분이 지났을까. 아이는 까치발을 든 채로 책 한 권을 가리키며 나를 바라보았다. 책을 꺼내주자, 아이는 그 자리에 풀썩 앉아 책장을 넘겼다. 그림을 자세히 보기 위해 얼굴을 책 쪽으로 들이밀기도 했다. 그런 아이를 바라보다가 벽 한쪽을 가득 채운 책장을 바라봤다.

"내가 아들 책 사줄 정도는 되는구나."

내가 직접 번 돈으로 아이가 원하는 것을 사주는 일이 이렇게 뿌듯하고 벅찬 일인지 그날 알았다.

내가 누군가에게 도움이 될 수 있다니

"제 유튜브 채널에 출연하실래요? 시은님의 경험이 다른 분들에게 큰 도움이 될 것 같아요."

자신의 경험과 함께 온라인 사업 정보를 알려주는 유튜버, 캡틴나나의 연락이었다. 사업을 어떻게 해야할지 갈피를 못 잡고 있던 시절에 봤던 유튜브 중 유독 열심히 보던 유튜버이기도 했다.

나는 사업을 전혀 모르던 '엄마'였다. 단순하고 유치해 보일 수 있겠지만 사업자등록증을 만들 때 아이의 이름을 넣어 만들었다. 아이를 생각하며 어떤 순간에도 포기하지 말자는 나의 다짐이었다. 무엇이든 해보자는 마음 하나로 이곳까지 왔다는 사실에 몸이 붕 뜨다가도, '엄마의 역할'에서 '사업가의 역할'이 더해졌다는 묵직한 책임감이 어깨를 눌렀다.

계획과는 다르게 사업자등록증을 수령한 뒤 아무것도 하지 못했다. 무엇이든 하고 싶다는 열정과 달리 어떻게 해야 하는지 방법을 몰랐다. 아이가 걸음마 배울 때 보행기나 엄마에게 의지해 겨우 한 걸음씩 내딛는 것처럼, 나를 사업의 세계로 이끌어줄 누군가가 필요했다. 그 시기에 나에게 손을 내밀었던 사람들 중 한 명이 캡틴나나였다.

방구석에서만 보던 유튜브 채널에 출연해 나의 경험을 이야기할 수 있는 날이 오다니. 그녀의 경험에 자극받고 단계적 목표를 이룬 것처럼, 누군가가 나의 경험담을 듣고 좋은 영향을 받는다면 출연을 마다할 이유는 없었다. '무슨 말을 할 수 있을까? 어떤 이야기를 해야 도움이 될까?' 미리 받은 인터뷰 질문지를 보다가 마지막 질문에서 멈칫했다.

"처음 시작하는 사람들은 걱정도 많고, 자신감도 부족한데 어떤 말을 해주고 싶으세요?"

나는 돈이 늘 부족해서 사고 먹는 것을 최대한 아꼈던 사람이었다. 똑똑하지 못하다는 생각에 늘 자신감이 없었고, 그 누구보다 자신을 싫어했다. 하지만 아이를 사랑하는 마음 하나만은 우주를 통틀어 최고였다. 아이를 사랑하는 마음을 동력으로 삼았다. 자신감은 없었지만 아이를 위한다고 생각하면 없던 힘도 생겼다. 사람들을 더 만나려고 하고 공부하면서 기회를 찾아 나섰다.

누군가 머뭇거리고 있다면 이런 이야기를 해주고 싶었다. 쉽지 않겠지만 문을 열고 한 걸음만 나아가라고. 새로운 사람들이 의외로 당신을 응원하고 힘껏 끌어당겨 준다고 말이다. 새로운 세상은 두렵지만, 곁에 함께 걸어주는 사람이 있었다. 그들과 함께 걷다 보니 기회가 찾아왔다. 그들과 걷기 위해선 일단 움직여야 한다. 혼자였던 '과거의 나'는 아이를 향한 모성애가 강했던 나머지 '나'를 조금씩 갉아 먹었다. '지금의 나'는 아이를 건강하게 사랑하는 법을 배웠고, '나 자신'과 '사업'을 성장시켰다. 이 마음이 그들에게 꼭 닿았으면 했다.

영상이 공개되고 많은 사람이 공감했다. 동기부여가 되었다는 사람, 경험을 공유해 줘서 고맙다고 말하는 사람, 그저 멋있다고 이야기하는 친구들, 밝은 모습이 보기 좋다고 말하는 가족들까지. 들을 수 있는 찬사는 그날 다 들은 기분이었다. 영상에 달린 댓글도 빠짐없이 읽었다. 유독 눈에 띄는 댓글이 보였다.

"모든 우거진 나무의 시작은 기다림을 포기하지 않은 씨앗이었다. 앞으로 기적 같은 행복만 가득하기를."

씨앗이 땅속에 뿌리를 내리고 나무가 되기까지는 긴 시간이 필요하다. 나무가 되기 위해선 가뭄, 홍수, 태풍과 같은 역경을 견뎌내야만 한다. 그 과정을 거치고 나면, 비로소 단단하고 우직한 나무가 될 수 있다. 삶을 포기하지 않고 이겨낸 지난 나의 노력을 알아봐 준 댓글이 고마웠다. 보잘것 없다고 생각했던 내 삶이 누군가에게 이끌리고, 힘이 된다고 생각하니 먹먹했다.

스스로를 세상 밖으로 나가지 못하게 가둬놓고, 괴로워하던 지난날들이 주마등처럼 스쳐 지나갔다.

육아가 전부인 줄 알았다

이야기 둘

과잉 모성애의 시작

"우리 이번에는 시험관 한번 해보는 게 어때?"

"시험관 한 번 하는데 엄청 비싸지 않아…?"

결혼 후 4년간 온갖 방법을 다 써봤지만, 아이가 생기지 않았다. 그럼에도 마음과는 다른 말이 먼저 나왔다. 남편이 나를 배려해 제안한 건데, 김빠지게 돈 이야기부터 꺼냈다. 말을 뱉으면서 나 자신이 참 옹색하다 싶었다. 시험관은 병원과 시술 과정마다 조금씩 비용 차이가 있다. 당시에는 1회 당 300만 원 정도의 비용이 들었다. 가격도 가격이지만, 한번에 '임신 성공'이라는 쾌거를 이룬다면 얼마나 좋을까. 보통 두세 번 해야 성공하는 경우가 수두룩했다. 수년에 걸쳐 여러 번 시도 했어도 결국 임신하지 못 하는 경우도 물론 있었다. 대개 사람들은 시험관 하는데 전셋집 보증금 하나 들어간다고들 말했다. 큰돈을 내고도 임신이 안 돼서 속 끓는 사례를 접하다 보니, 자연스럽게 조금 더 저렴한 인공수정을 해왔다.

함께 임신을 준비하는 지인들 중 한 명에게 좋은 소식이 찾아왔다. 그 누구보다 기쁜 마음으로 축하해주기 위해 다 함께 카페에 모였다.

"축하해요. 얼마나 마음 고생 많았겠어요. 이제 행복한 태교만 하세요."

"고마워요."

"정현이네는 이번에도 실패했대요."

"벌써 몇 번째래요?"

"아마도 세 번째일걸요? 전세 보증금 날린 거죠. 뭐~"

아이가 찾아오는 일이 이토록 가벼운 대화거리가 되다니. 생명의 존엄이 부동산 투자 실패처럼 치부돼 불편했다.

남편이 시험관 제안을 하기 전 우리는 인공수정을 3회 시도했다. 아이가 단번에 찾아올 것이라고 믿었다. 그래서일까? 첫 번째 인공수정 실패 이후 상심이 컸다.

“두 번째 인공수정은 성공할 거야. 다시 시도해 보자.”

“그래. 소중하고 귀한 인연으로 우리에게 오려고 천천히 오나 봐.”

서로를 다독이며 한 달에서 두 달 정도의 휴식기를 가졌다. 몸 상태가 정상적으로 돌아왔을 때 다시 병원을 찾아갔다. 약을 받고 배란 유도 주사를 맞아가며 난포를 키웠다. 완벽한 타이밍에 난포가 터져 착상되기를 기도했다. 매일 정해진 시간에 약을 먹는 일도, 주삿바늘을 배에 찌르는 일도, 아이가 내게 온다면 전혀 힘든 일이 아니었다. 하지만 나의 간절함은 바람을 타고 스쳐 지나갔다. 두 번째 인공수정도 실패였다. 이때부턴 속설, 낭설 가릴 것 없이 다 믿기 시작했다. 여성호르몬을 촉진시킨다는 석류와 단백질이 풍부한 콩류, 몸을 따뜻하게 해주는 보양식 등 임신에 도움이 된다고 하는 음식은 죄다 찾아 먹었다. 세 번째 인공수정 시술 당일. 컨디션이 유독 좋았다. 뭘 하든 긍정적인 결과를 가져올 것만 같았다. 누워 있는 아이를 사랑스럽게 쳐다보는 나의 모습을 상상하며 시술실로 들어갔다.

2주가 지났다. 임신테스트기를 들고 화장실로 들어갔다. 결과는 한 줄, 비임신이었다. 낙담과 상심이 길어지니 고민도 길어졌다. 다른 병원에 가서 인공수정을 해 볼 것인가, 남편의 말대로 시험관을 시도할 것인가. 인생은 선택의 연속이라고 하지만, 아이가 우리에게 오는 방법을 내가 선택해야 한다는 건 꽤 무거운 책임감을 요구했다.

'어휴, 됐어. 무슨 시험관이야. 큰돈 쓰면서 마음 졸이지 말고 천천히 기다려 보자.' 마음을 애써 비우기 위해 억지스런 행동을 했다. 하루에 세 번씩 산책하러 나가고, 물도 한 컵 마실 거 연속으로 세 컵 마셨다. 어떻게든 몸을 계속 움직였지만 제멋대로 튀어나오는 속마음을 막을 순 없었다.

'아니, 근데 생기지도 않은 아이에 대한 모성애는 왜 이렇게 크고 난리야. 왜 임신에 집착하는 거지?'

길거리에 지나가는 아이들만 봐도 흐뭇하고 기분이 좋았다. 아이가 나오는 TV 프로그램을 볼 때면 괜히 생각도 많아졌다. '나도 저 육아용품 사고 싶다.' '아이가 울 땐 저렇게 달래야 하는구나.' 하다 보면 시간은 금방 지나갔다. 아이와 함께하는 시간을 상상하는 일이 빈번해지면서 한곳을 멍하니 응시하는 일도 많아졌다.

문득 아무것도 하지 않고 마냥 기다릴 수 없다는 생각이 들었다. 언제 찾아올지 모르는 아이를 계속 기다리고 있기에는 아이가 너무 보고 싶었다. 만나자마자 나의 모든 사랑과 정성을 퍼부어 줄 생각이었다. 금액이고 뭐고 아이를 조금이라도 더 빨리 만날 수 있다면 뭐든 하고 싶었다. 시험관 시술은 인공수정을 할 때보다 더 많은 주사를 맞아야 한다는 걸 알았다. 시도도 안 해보고 스트레스받는 것보다 되든 안 되든 일단 해 보는 게 나을 것 같았다.

"우리 시험관 하자."

그날 남편과 함께 시험관을 진행할 병원을 알아보고, 상담 예약을 잡았다. 장거리 운전을 하며 남편과 왔다 갔다 한 지 4개월이 지났다. 드디어 우리에게도 좋은 소식이 찾아왔다.

모유 수유에 대한 집착

자연분만을 하기 위해 26시간 산통을 견뎠지만, 자궁문이 열리지 않았다. 어쩔 수 없이 응급으로 제왕절개를 해야 했다. 몸을 회복하는 중에도 자연분만하지 못 했다는 죄책감에 사로잡혀 있었다. 그래서 모유 수유만큼은 잘하고 싶었다. 오직 나만 아이에게 줄 수 있는 단 한 가지가 모유라고 생각했다.

젖을 물린 지 3일 만에 젖몸살이 왔다. 간호사에게 배운 대로 자세를 고쳐 봤지만, 어쩐지 수유 쿠션 위에 누워 있는 아이는 불편해 보였다. 무릎 위에 쿠션을 하나 더 받쳐도, 소파에 걸터앉아도 불편해 보이는 건 똑같았다. 나도 30분씩 부동자세로 앉아 있느라 허리는 뒤틀리고 다리에는 쥐가 났다. 유선은 시도 때도 없이 막혀 가슴이 단단하게 굳어갔다. 아이는 오랜 시간 젖을 빨아도 충분하지 않다는 듯 계속 울어댔다. 내 뜻대로 되지 않을 때마다 징그러운 과잉 모성이 극성을 부리며 스스로 스트레스를 가중했다. 아이가 태어나면 엄마가 해주고 싶은 모든 것을 해줄 수 있을 줄 알았다.

친정엄마는 모유량이 는다는 돼지족 우린 물을 권했다. 지푸라기라도 잡고 싶어 냄새가 고약하다는 주의에도 괜찮다고 했다. 친정엄마는 어마어마한 양을 보내셨고, 남편은 육수를 보온병에 담아 매일 산후조리원으로 가져다주었다. 한 모금씩 들이킬 때마다 고약한 냄새와 함께 느끼함이 입안을 장악했다. 코를 비틀어 막고, 눈을 질끈 감은 채 돼지족 우린 물을 매일 들이켰다.

아이가 80일쯤 되었을 때였다. 평온한 6월, 어느 평일 오후 공기는 아주 덤덤했다. 아이의 몸이 뜨겁게 느껴진 것이 착각일 리 없었다. 체온계 액정에는 빨간불과 함께 38.7도라는 숫자가 찍혀 있었다.

“오빠, 응급실 가야 할 것 같아. 빨리 가자.”

병원에서는 소변검사와 피검사를 해봐야 왜 아이에게 열이

나는지, 어떤 바이러스가 들어갔는지 알 수 있다고 했다. 검사를 위해 180cm 정도 되는 긴 입원실 침대 위에 아이를 눕히고 소변 봉투를 채웠다. 간호사는 아이의 손등을 만지며 혈관을 찾았다. 아이의 울음소리와 함께 내 눈에서도 눈물이 흘러 내렸다.

"요로 감염으로 보여요. 입원 치료가 필요합니다. 항생제 투여하면서 지켜보도록 하죠."

감염을 우려해 입원실 보호자는 한 명만 허용했다. 아이와 입원 생활할 생각에 걱정부터 밀려왔는데, 설상가상 1인실은 만실이었다. 어쩔 수 없이 텅 빈 6인실에 들어갔다. 아무도 없는 큰 병실은 냉기가 흐르다 못해 으스스했다. 또다시 눈물이 나왔다. 울면서 청승 떨고 있는 사이에 남편이 짐을 가지고 왔다. 발걸음이 차마 떨어지지 않았는지 남편은 언제든지 힘들면 전화하라는 말과 함께 병실을 떠났다. 아이와 함께 할 입원 생활만큼이나 수유에 대한 걱정도 만만치 않았다. 입원 전에는 자주 유선이 막히고, 가슴 통증이 심해 수유가 끝나면 아픈 가슴을 부여잡고 병원에 갔었다. 그렇게 80일 동안 해오던 수유의 패턴이 한순간에 깨졌다. 아무도 없는 텅 빈 6인실. 딱딱한 병원 침대에서 어떻게 수유해야할지 막막했다.

입원 첫날, 모유 수유를 시도했다. 1인용 병원 침대에 양반 다리를 하고 앉았다. 알싸한 소독약 냄새가 나는 병원 베개를 무릎 위에 놓았다. 그 위에 아이를 놓은 뒤에 젖을 물렸다. 아이는 한 번 먹으면 30분 이상은 기본으로 먹었다. 나는 한 시간은 꼼짝없이 소독약 냄새를 맡으며 다리를 구부린 채 어정쩡한 자세를 유지해야 했다. 그때 간호사가 커튼을 확 치며 얼굴을 내밀었다. “아이 체온 측정하겠습니다.” 간호사는 아이의 체온 측정과 항생제 투입 체크를 위해 수시로 병실을 들락날락했다. 심지어 남자 간호사였다.

“와, 도저히 못하겠다.”

모유 수유에 대한 집착은 나를 점점 피폐하게 만들었다. 제왕절개를 했다는 사실에 대한 미안함이 가져온 집착이었다. 언제까지 미안해야 하는지, 이건 누구를 위한 모유 수유인지, 진정 아이를 위한 육아를 하고 있는 것이 맞는지, 끊임없이 되물었다.

나 빼고 다 행복해 보여

아이를 데리러 가기 전, 날씨가 어떤지 확인해 보려고 베란다로 나갔다. 유치원 가방을 들고 있는 엄마들과 그 주변을 활기차게 뛰어다니는 아이들이 보였다. 오후 3시 30분. 조용하던 아파트 단지는 아이들의 웃음소리로 가득 찼다. 그들은 특별할 것 없는 편안한 옷차림으로 서로 경계 없이 웃으며 대화했다.

아이가 편식하는데 어떤 음식을 주면 좀 먹을까? 아이가 떼쓰고 울 때 어떻게 하면 잘 달랠 수 있을까? 지난번 영유아 검진 때 아이 키가 작다고 나왔는데 키 크는데 도움이 될 만한 방법이 어디 없을까? 혼자 이 생각 저 생각하며 하루를 다 보내는 나와 달리 그녀들은 함께 이야기하고 같이 마음을 나누는 듯 보였다. 그녀들을 보며 내가 유난스럽게 아이 걱정만 하나 싶다가도, 걱정 없이 하하호호하는 그녀들이 부러웠다.

"벌써 시간이 이렇게 됐네. 저녁밥 하러 가야겠다. 준용아, 이제 가자~"

놀이터에서 놀던 아이들은 각자의 엄마 옆으로 달려갔다. 유치원 가방을 한쪽 어깨에 메고, 아이의 킥보드를 끄는 엄마들의 발걸음은 가벼워 보였다.

'어떤 마음이 저들을 웃을 수 있게 만드는 걸까.'

내 마음의 방이 좁을 때는 타인의 평범하고 사소한 일상까지도 부러운 법이다. 아파트 단지에 있던 엄마들이 뭐 대단한 것을 한 건 아니다. 그냥 아이를 하원 시키면서 수다 떨고 웃는 것이 전부였다. 가디건을 꺼내 입고 현관 앞에서 거울 속 내 모습을 보았다. 1년 3개월 전에 했던 파마는 다 풀리다 못해 서로 뒤엉켜 있었다. 머리를 감고 드라이기로 말릴 시간도, 힘도 없어 머릿결은 부스스했다. 푸석한 피부는 생기가 없었다. 에센스 바르는 것도 육아하느라 자주 생략하다 보니 피부는 쩍쩍 갈

라져 있었다. 입고 있는 홈웨어는 회색도, 흰색도 아닌 애매한 색으로 물들어 있었고, 색이 바랜 티셔츠는 목 부분과 밑단이 말려 올라가 있었다. 숱이 많은 나의 눈썹이 무엇보다 가장 거슬렸다. 너무 길어 하루 빨리 다듬어줘야 할 지경이었다. 거울 앞에서 연거푸 한숨만 나왔다. 한참을 무표정으로 거울을 봤다. 내가 꼴도 보기 싫었다.

시계를 보니 아이 픽업을 위해 나가야 할 시간을 훌쩍 넘기고 있었다. 머리를 정리할 시간도, 옷을 다듬을 시간도 없이 가디건 하나 걸친 채 현관문을 나섰다.

모성애가 강하면 산후 우울증인가요?

남편이 출근하고 나면 집안엔 적막이 흘렀다. 그날 새벽 아이는 무서운 꿈을 꾸었는지 자다가 갑자기 소리 내어 울었다. 안아서 토닥인 지 20분이 지나자 아이는 진정된 듯 울음을 멈추었다. 아이를 침대에 눕히려고 하는 순간 다시 울어댔다. 오래 걸릴 것 같아 아기띠를 찾았다. 아기띠를 허리에 채우느라 아이를 잠깐 내려놓았다. 아이는 더 크게 울었다. 울고 진정하기를 여러 번 반복한 끝에 아이는 겨우 잠에 들었다. 우는 아이를 달래고 재우느라 피곤했지만 잠은 오지 않았다. 거실 창문을 열어 바람을 집안으로 들였다. 따뜻할 줄 알았던 바람은 차가웠다. 계절이 바뀌었음을 그제야 알았다.

아이를 낳기 전에는 겨울에도 미니스커트를 입었고, 봄에는 민소매를 꺼내 입었다. 가벼운 옷차림만큼이나 몸도 마음도 여유로웠다. 아이가 태어나고 맞이하는 첫 겨울이었다. 따뜻한 집에서 사랑하는 아이와 매시간을 함께 했지만, 나의 마음만큼은 좀처럼 따뜻하지 않았다.

'도대체 왜 거지 같은 기분의 늪에서 헤어 나오지 못하는 걸까?'

계절도 시간도 버려지고 있다는 사실을 인지하지 못할 정도로, 나는 어딘가에 멈춰 있었다. 창문 밖을 바라보며 스스로에게 질문했다. 어떤 일에, 누구의 말에, 왜 기분이 안 좋은지 계속 물었지만, 답은 나오지 않았다. 남의 탓 같다가도 내가 못나서 그런 것이라는 생각이 들었다. 나중에는 자신에 대한 자책, 실망, 후회만 남았다. 하루를 눈물로 시작해서 눈물로 끝나는 날이 늘어났다.

친정 부모님도 함께 사는 남편도 육아가 힘들어서, 출산한 여자라면 누구나 경험하는 산후우울증이 왔다고 말했다. 시간이 지나면 괜찮아진다는 위로도 덧붙였다.

출산한 여자 두 명 중 한 명은 겪는다는 산후 우울증은 일시적인 감정 변화로 길게는 한 달 정도 지속된다고 한다. 그 이후엔 점점 괜찮아진다는 기사를 본 적이 있다. 전체 산모의 10~15%가 겪는다는 산후 우울증은 일반적으로 우리가 아는 우울증 증세와 더불어 아이에게 화가 나거나, 공격적인 모습을 보이거나, 아이를 미워하는 증상을 동반한다고 했다. 이런 면에서 보면 나는 산후 우울증이 아니었다. 아이의 배고픔을 달래려고 우유를 데우고, 아이의 청결을 위해 물 온도를 정확하게 체크한 후에 목욕시키고, 아이의 마음을 달래주기 위해 아침, 저녁 상관 없이 몇 시간 동안 아이를 안고 있는 일, 전부 내가 그토록 원하던 일이었다. 아이 곁에서 떨어져 본 적도 없었고, 단 한 번도 아이가 미워 보였던 적도 없었다. 사랑하는데 이 정도의 헌신은 아무것도 아니라고 생각했다.

오랜 인고 끝에 아이와 만나게 되었는데, 아이를 정말 사랑하는데, 혼자 있을 때마다 마음이 좋지 않은 이유는 뭘까? 문제는 나일까?

과잉 모성 체크리스트

- ☐ '나'보단 '00엄마'가 더 익숙하다.
- ☐ 온 생각이 가정으로만 향한다.
- ☐ 육아 생각에 다른 일이 손에 안잡힌다.
- ☐ 열심히 키우지만, 늘 아이에게 미안하다.
- ☐ 별거 아닌 일에도 짜증이 잘 난다.

과잉 모성일 경우 희생과 헌신을 자처하며 아이를 돌보려고 해요. 부모의 빈자리는 아이에게 독이 될 것이라고 생각하기 때문이죠.
선을 긋는 습관이 필요합니다. 지나친 희생과 헌신은 '나'를 지치게 해요. 올바른 육아를 하기 위해선, 엄마부터 건강해야 합니다. 처음부터 잘할 순 없어요. 나의 한계를 체크하고 폭을 조금씩 넓히세요. 피곤한 날엔 잠시 눈을 붙이고, 생각이 많은 날엔 바람도 쐬면서 여러분만의 육아 밸런스를 만들어 보세요.

내 육아에 참견하지마

신생아 시절 아이는 배가 고파도 울고, 우유를 먹어도 울고, 졸려도 울고, 자고 일어나도 울고, 안아줘도 울고, 눕혀놔도 울었다. 하루 종일 우는 통에 산후도우미도 식은땀을 흘렸다. 무조건 울고 보는 것인가 싶기도 했다. 말을 하지 못하니 아이가 우는 이유를 정확히 몰라 매번 속만 끓었다.

유선이 막혀 가슴 마사지를 받은 날이었다. 선생님은 젖을 물리는 횟수와 시간을 줄여볼 것을 권유했다. 아이가 적정량의 우유를 정해진 시간에 먹는 습관을 들여야 하는데, 시도 때도 없이 젖을 물리니까 아이가 습관처럼 우는 것이라고 덧붙여 말했다. 선생님의 말씀대로 수유하는 횟수와 시간을 줄이기로 했다. 아이는 더 심하게 울었다.

"애 울게 두지 말고 젖을 물려."

"선생님이 정해진 시간에만 주라고 했어. 조금만 기다리면 그칠 거야."

"애가 저렇게 우는데 습관은 무슨 습관이야. 전문가 말이면 다 맞는 줄 알아?"

하루에 약 19번씩 아이에게 젖을 물리면 마치 젖소가 된 기분이었다. 어정쩡한 자세로 적게는 30분, 길게는 1시간을 유지하고 있어야 한다. 젖을 물릴 때마다 느껴지는 가슴 통증은 말로 설명하기도 힘들 정도였다. 어쩌면 가슴 통증 때문에 나도 모르게 젖을 덜 물릴 수 있는 명분을 찾고 있었는지도 몰랐다. 그래서 선생님이 젖을 물리는 횟수를 줄이라고 했을 때, 그 말이 반갑게 느껴졌을 수도 있다. 남편은 이런 내 마음을 아는지 모르는지, 선생님이 말한다고 다 좋은 방법이 아니라며 딱 잘라 말했다. 욱하는 감정과 서러운 감정이 동시에 목구멍 끝까지 올라왔다.

"젖을 물리는 사람은 나야. 물릴지 말지 내가 결정해."

나의 방어적인 태도에 남편과 초반엔 많이 부딪혔다. 남편이 하는 육아는 마음에 들지 않았고, 나는 직접 아이를 품고 낳아봤기 때문에 나만큼 남편이 육아에 대해 알 것이라고 생각하지 않았다. 그 뒤로 남편과 육아를 함께하려고 하지 않았고, 남편의 조언을 들으려고 하지도 않았다. '우리의 아이'가 아닌 '나의 아이'로 키웠다. '육아'라는 울타리 안으로 아무도 들어오지 못하게 주변을 전부 차단했다. 시간이 지나면서는 남편도 점점 육아에서 한 발 물러섰다.

남편의 생각과 내 생각이 달라 서로 충돌할 때마다 육아는 더 힘들어져 갔다. 나의 뇌 구조와 남편의 뇌 구조는 달라도 너무 달랐다. 우리는 이런 서로를 힘들어했고, 생각의 차이는 곧 대화를 단절시켰다.

나는 들끓는 모성애에 빠져 있었다.

안 웃는 아이

음악이 흐르지 않고 사람 대화도 끊긴 집은 늘 조용했다. 아이가 일어날 때까지 옆에 누워 눈을 감고 있다가, 인기척이 느껴지면 그제야 마지못해 몸을 일으켰다. 아이를 안고 거실로 나와 장난감 몇 가지를 아이 옆에 두었다. 그 사이 밥을 준비했고 아이에게 밥을 먹여 주었다. 설거지하는 동안엔 다시 장난감 몇 가지를 꺼내 아이 앞에 두었다.

아이와 함께 남겨진 집안에서 나에게 말을 거는 사람은 없었다. 말을 아직 못하는 아이 그리고 말을 할 힘이 없는 엄마만 있을 뿐이었다. 엄마가 감정을 내비치지 않아서 그럴까? 아이도 떼를 쓰거나 우는 일이 크게 없었다. 그런 아이를 보며 성격이

순한 아이라고 생각했다.

인스타그램 속 아이들이 해맑게 웃는 모습을 보고 적잖은 충격을 받았다. 엄마의 작은 몸짓 하나에도 꺄르르 웃어대는 아이들. TV 속 만화 캐릭터를 보고 따라 춤을 추는 아이들. 엄마에게 이것 해달라 저것 해달라 쉬지 않고 말하는 아이들. 우리 아이도 조금 더 크면 저렇게 웃을까? 저 아이들은 언제부터 웃었을까? 잘 웃는 아이의 사진에 댓글을 달아 물어봤다.

"어쩜 아이가 이렇게 잘 웃어요? 언제부터 잘 웃었어요?"
"글쎄요. 그냥 태어날 때부터 잘 웃었던 거 같은데요?"

아이가 웃지 않는다고 생각해본 적 없다고 말하는 사람들이 신기했다. 그저 순한 편이라고 생각했는데, 그냥 웃지 않는 거라는 걸 알게 되었다. 그날 저녁, 또래 아이들의 엉덩이를 들썩이게 한다는 동요를 틀었다. 그리고 아이 앞에서 열심히 따라 불렀다. 노래 부르는 엄마의 모습이 어색했을까? 아이는 나와 상호작용하지 않았다. 아이가 감정을 못 느끼는 건가? 신나는 음악을 듣는데도 왜 안 웃는지 걱정되기 시작했다.

아이도 나도 사람 사는 소리 들으며 삶의 에너지를 채워볼

요량으로 친정이 있는 부산에 내려가기로 했다. 아이를 안고 기차역으로 향했다. 친정으로 가는 기차 안에서 아이와 나는 아무 말도 하지 않았다. 창밖으로 경치를 구경하면서 한숨을 내쉬었다. 지난밤 웃지 않는 아이의 얼굴이 떠올랐다. 휴대폰을 꺼냈다. 심리검사와 발달검사 중 어떤걸 받아야 할지 검색했다.

"어떻게 왔어?"
"기차 타고 왔지. 며칠만 있다가 갈 거야."

통명스럽게 말했지만, 마음은 이내 편안해졌다. 친정엄마 표 집밥을 든든히 먹고 짐 정리를 했다. 친정엄마는 거실에 있는 TV 앞에서 노래를 부르며 춤을 추고 있었다. 한창 빠져있는 트로트 경연 프로그램이었다. 신이 난 친정엄마는 무아지경으로 아이의 손을 잡고 몸을 덩실거렸다. 웃지 않던 아이는 위아래로 몸을 방방 뛰었고, 친정엄마의 얼굴을 보며 환하게 웃고 있었다. 친정엄마는 아이가 웃는다며 더 신나게 몸을 흔들었다. 나는 그 모습을 보자마자 눈물이 왈칵 쏟아졌다.

'아이가 웃을 수 있었구나. 못 웃는 게 아니라 안 웃었던 거

였구나. 아이는 나의 거울이구나.'

휴대폰 사진첩을 보았다. 두 살이 될 때까지 아이의 사진들을 찬찬히 훑어보았다. 아이가 웃고 있는 사진이 없었다. 입을 닫고 아이와 함께 보낸 시간들이 미안했다. 나의 얼굴이 아이에게 투영되고 있었다는 것을 인지한 순간이었다. 엄마가 진정으로 행복해야 아이도 웃는다. 아이가 웃지 않는 이유는 곧 나였다.

혼자가 아닌 같이

혼자 아이 키우기를 자처하다 보니 신경 쓸 것이 너무 많았다. 어떻게 아이를 키워야 하는지 갈팡질팡하는 날이 수두룩했다. 주변엔 육아 선배도 동기도 없었다. 남편과는 '육아'로 자주 부딪히니 이 고민에 대해서는 공유하고 싶지 않았다.

자연스럽게 다른 집들의 육아 풍경이 궁금해졌다. 육아와 관련된 키워드를 인스타그램에 검색하고 타인의 삶을 염탐했다. 아이가 밥을 잘 안 먹고 낮잠을 안 자서 힘들다고 토로하는 글에서 공감했고, 남편의 육아 참여도가 저조한 집을 보며 나와 비슷한 상황이란 생각에 위로받았다. 남편에 대한 불만을 재치 있게 표현한 글을 보고는 웃음이 나왔다. 짧은 시간 안에 '공감,

위로, 웃음' 전부 느끼고 있는 것이 신기했다. 무엇보다 나만 이런 고민을 하며 살고 있는 게 아니라는 것에 숨통이 트였다.

"뭘 그렇게 열심히 봐?"

남편은 휴대폰을 보면서 실실 웃고 있는 나를 보며 가끔 말을 걸었다. 무슨 생각을 하는지 궁금해하는 눈치였지만 말해주지 않았다.

비슷한 개월의 아이를 키우는 엄마들이 모여 육아서를 읽는 모임을 만든다는 글을 보았다. 이곳에 들어가면 더 많은 공감과 위로, 그리고 웃음을 얻을 수 있을 것 같았다. 망설임 없이 참여 의사를 밝혔다. 모임 이름은 '책 읽는 엄마들의 모임'이었다. 처음으로 일면식 없는 사람들이 모여있는 단체 SNS 방에 들어갔다. 엄마들과 육아서를 함께 읽고, 괜찮은 내용을 공유했다. 서로의 이름도 나이도 모르지만, 육아 이야기만 나오면 모두 머리를 맞대고 각자의 경험담을 쉴 틈 없이 풀었다. 모두 내 새끼 하나 잘 키워보고 싶다는 마음만큼은 똑같았다. 육아하며 생기는 고민을 들어주며 조언에 수긍했고, 친구처럼 수다 떨며 서로 격려하고 의지하기도 했다. 육아라는 목표 안에서 같은 방향을 바라보며 생각을 나눴다. 가족에게도 털어놓지 못

한 말들이 아기 엄마들에게는 어찌나 술술 나오던지, 매번 사이다를 마시고 트림하는 것처럼 가슴이 뻥 뚫렸다. 무거운 마음을 '혼자'가 아닌 '같이' 공유하니, 마음의 무게는 금방 가벼워졌다. 다른 엄마들의 말과 글 속에서 간접적으로 경험했다.

혼자인 것 같은 기분이 들 때는 애써 몸을 움직여 사람들이 모여 있는 곳으로 가야 한다. 사람들이 모이면 말도 많아지고 생각도 다양해진다. '같은 상황에 있는 사람을 만나야 하는구나. 혼자 속 끓는 것보다 터놓으면 웃을 일도 생기는구나. 말을 하다 보면 내가 보이는구나.'

나를 사랑하고 싶어서

"여보세요? 오늘 오후에 예약할 수 있을까요?"

집 근처에 있는 미용실 다섯 군데에 전화를 돌렸다. 디자이너 미용실에 가고 싶었으나, 모두 당일 예약은 안 된다고 했다. 딱 한 곳만 더 전화를 걸어 보자며 핸드폰을 들었다. 동네 근처 상가 미용실에 전화를 걸었다. 사장님은 오늘 오기만 하면 된다고 말했다.

집 앞 미용실이지만 기분을 내고 싶었다. 늘어진 티셔츠를 벗고 가벼운 원피스로 갈아 입었다. 거울을 보며 '앞머리를 자를까? 길어진 머리를 잘라볼까? 파마를 다시 해볼까?' 혼자 중

얼거렸다. 하늘에 구름이 있는지 고개도 들어보고, 콧구멍으로 가슴에 들어차는 신선한 공기도 느꼈다. 걸어가는 내 발등도 한번 쳐다봤다. 음악소리가 나오는 가게 앞을 지나갈 때는 무심코 콧노래를 흥얼거렸다.

"어떻게 해드릴까?"
"음, 그냥 다듬어 주세요."

길어진 머리카락을 다듬고 정리만 했을 뿐인데, 누군가의 손길이 닿으니 관심조차 주지 않던 나 자신이 사랑받는 느낌이 들면서도 스스로 미안한 마음도 들었다. 나를 아주 살짝 가꿨을 뿐이었다. 한껏 가벼워진 머리카락처럼 마음도 가벼웠다. 미용실 창문 밖을 보니, 커다란 벚나무가 보였다. 나뭇가지 위로 크고 작은 벚꽃들이 매달려 있었다. 기지개 피듯 활짝 핀 벚꽃을 보며 생각했다. 따듯한 봄도 왔으니, 나도 계절에 맞게 따듯한 손길로 자신을 더 보듬어 줘야겠다.

집으로 들어가기 전에 집 앞 놀이터 벤치에 엉덩이를 붙였다. 미용실을 다녀온 뒤 곧장 집으로 가는 건 달라진 헤어스타일에 대한 예의가 아니지 않은가. 놀이터에는 여느 때와 다름없이 아이들이 신나게 놀고 있었다. 그네를 타며 앞으로 뒤로

왔다 갔다 하는 내내 뭐가 그렇게 재밌는지 깔깔거렸다. 서로에게 붙잡힐까 봐 도망치는 아이들 얼굴에도, 미끄럼틀을 타고 내려오는 아이들 얼굴에도 웃음이 가득했다. 어느새 나의 입꼬리도 올라가 있었다. 맞은편 삼삼오오 모여 있는 엄마들의 웃음이 부럽지 않았다.

부정적인 감정을 없애는 방법

감사일기 쓰기

노트와 펜을 꺼내요. 하루를 마무리하며 가족에게 감사했던 일, 나에게 감사했던 일을 한 가지씩 적어 봅니다.

쓰다 보면 부정적인 감정도 불쑥불쑥 튀어 나와요. '이때 이렇게 할걸.' '그때 왜 그랬지.' 외부에서 들어오는 부정적인 감정을 부드럽게 받아들이기 위해선, 원인을 생각해야 합니다. 이럴 땐 나의 감정에 솔직해지세요. 감정들을 마음 속에 꾹꾹 눌러 담지 말고, 노트 위에 토해내듯 나열해보는 겁니다. 슬플 땐 울고, 화날 땐 화를 내면서요. 그러다 보면 원인이 보일 겁니다.

무엇보다 혼자가 아니라는 생각을 합니다. 바로 보이지 않을 수도 있어요. 하지만 기억하세요. 내 편은 반드시 있어요.

최악의 점괘

“기가 막히는 점집이 있대. 같이 갈래?”

“갑자기 점을 보라고?”

“요즘 네가 힘든 거나, 고민인 거 말해 봐. 언제 괜찮아지는지도 물어보고.”

“됐어. 뭘 그런 걸 봐.”

며칠 뒤에 지인에게 전화를 걸어 점집 연락처를 물었다. 신기 있는 사람에게 고민을 털어놓으면 뭐든 해결될 것 같았다.

10년 전까지만 해도 무당은 골목 어귀 허름한 건물의 으스스한 이미지를 떠올리게 했다. 강한 인상을 가진 무속인이 부채를 들고 손님을 맞이했던 것 같은데, 무당의 세계에도 트렌드가 있나 보다. 보내준 주소를 따라가 보니 생뚱 맞은 곳에 고급스러워 보이는 오피스텔이 있었다. 편하게 입는 티셔츠와 트레이닝 반바지를 입은 무당이 문을 열어주었고, 작은 방으로 안내했다. 내가 알던 화려한 신당의 모습과는 달리 간소하게 점술 도구와 향초, 꽃만 테이블 위에 있었다.

생년월일만 말했을 뿐, 그 외의 말은 하지 않았다. 무당은 한참 동안 말이 없다가 입을 열었다.

"가족 세 명이 죽을 거야."

"네?"

반문도 못 했다. 온갖 생각이 주마등처럼 스쳐 지나갔다. 나와 남편 그리고 아이를 말하는 것인지, 친정을 말하는 것인지, 시댁을 말하는 것인지 몰랐다. 무당은 나와 아이는 확정이고, 친정 식구 중 한 명일 것이라고 했다. 이런 말을 들으러 온 게 아닌데…. 심장이 요동치다 못해 튀어나오려 했다.

"친정 가족 중 어른이 먼저 가는 건 살 만큼 살았으니 갈 수도 있겠지만, 너랑 아이는 아직 가면 안 되지 않아?"

누군가의 죽음을 이토록 가볍게 말할 수 있다니. 죽었다 깨어나도 알 수 없는 타인의 운명을 생년월일 하나로 수학 문제 풀듯 알아내는 무당의 점술이 꽤 허무했다. 나와 아이가 죽는다는 말을 아무렇지 않게 하는 무당 앞에서 무슨 말을 할 수 있을까? 암 선고를 받았더라면 의사에게 검사 결과를 보여달라고 할 수 있겠지만, 귀신을 섬기는 사람한테는 뭘 보여달라고 할 수 없는 노릇 아닌가. 당장 할 수 있는 게 아무것도 없다는 것이 나를 더 비참하게 만들었다. 몸을 일으키자, 무당이 다급하게 말했다.

"친정 가족 중 한 명이 죽으면 다음에는 너와 아이를 데려가려고 할 거야. 액운을 떼어내야 해!"

"어떻게 하면 살릴 수 있는데요?"

"굿을 하면 돼."

굿을 할 생각은 없었지만, 너무 궁금해서 가격을 물어봤다. 도대체 나와 아이의 목숨값이 얼마인지, 얼마면 우리가 살 수 있는지 알고 싶었다.

"신에게 기도 드리는 비용과 상 차리고 의식을 행하는 비용까지 다 합치면… 두 명이니까… 3,000만 원 정도 들어."

금액을 듣는 순간 흐르던 눈물이 다시 눈 안으로 역행했다. 남편과 상의하고 연락 드리겠다고 말한 뒤 복비를 지불했다.

"가여운 것… 차 조심하고."

무당의 마지막 인사가 귓가에 자꾸 맴돌았지만, 태연한 척 현관문을 나섰다.

집으로 돌아가는 차 안에서 숨이 꺽꺽 넘어가도록 울부짖었다. '사기였네.'라고 하며 잊으면 될 문젠데, 계속 매달리고 있는 내가 원망스러웠다. 동시에 아이의 얼굴은 자꾸 떠올랐다. 온갖 부정적인 감정이 몸 속으로 들어올 때마다 마음이 온전하지 못 한 엄마 같아 미안했다. 귀하게 만난 아이 앞에서 책임감이 없어 보여, 배와 엉덩이에 주사를 수백 번 찔러가며 임신했던 것을 처음으로 후회했다. 주차장에 도착했지만, 곧장 집으로 들어갈 엄두가 나지 않았다. 눈두덩이는 부어 있었고, 실핏줄은 터져 있었다. 이 상황을 남편에게 어떻게 말해야 할지 머릿속은 복잡했다.

"난 또 뭐라고."

남편이 퉁퉁 부은 얼굴을 보며 무슨 일이냐고 물었다. 무당의 말도 안 되는 점괘를 내 입으로 말할 자신이 없었다. 나의 눈높이에 맞춰 남편이 고개를 숙인 채 한 번 더 물었다. 남편과 눈이 마주치자 속에서 알 수 없는 감정들이 올라왔다. 힘겹게 한 자 한 자 말을 이어 나갔다. 점집을 다녀왔다고. 가족 중에서 세 명이 죽는다고 했다고. 눈물범벅으로 겨우겨우 말하는 나와 다르게 남편은 듣는 내내 덤덤한 표정이었다.

"난 또 뭐라고."
"아무렇지도 않아? 우리가 죽을 수도 있어."

"그 사람이 굿하라는 얘기는 안 해?"

"안 그래도 했어… 3,000만 원 달래…."

남편은 상술이라며 돈만 날릴 뻔했다고 했다. 가볍게 썩소를 짓는 남편을 보고 어안이 벙벙했다. 듣고 보니 다 맞는 말이었다. 믿을 사람이 아니란 걸 알면서 무엇을 믿고 싶었던 걸까?

이직하기 전이나 미래에 대한 고민이 생겼을 때, 임신이 되지 않았을 때 답답하면 당시 유명하다는 무당을 수소문해 찾아갔었다. 돌이켜보면 무당들은 내 고민을 해결해 주지 않았다. 마음을 알아주기만 하고, 입에 발린 말만 해주었다. 나도 모르게 무당들이 해주는 말 하나에 의지했던 것 같다.

남편은 나보다 나를 더 잘 알고 있었다. 이번에도 나의 감정에 동조하긴커녕, 대수롭지 않은 일이라며 안심시켰다. 남편은 아이 젖병에 우유를 몇 ml 넣어야 하는지 깐깐하게 계산하는 내 옆에서, 조금 싱겁게 먹는다고 큰일 나지 않는다며 한마디 거들던 사람이었다. 아이가 이앓이 하느라 밤새 울던 날, '아이야, 울지마.' 하며 아이를 쳐다보기만 했던 나에게 냉동실에 넣어 두었던 공갈젖꼭지를 준 사람이었다. 아이가 넘어져서 입에 피가 났을 때 비명을 지르며 발을 동동 굴리던 나의 옆에서, 급한 대로 찬물로 적신 수건을 아이의 입에 갖다 댄 사람이었다.

남편은 내가 본격적으로 시험관 시술을 시작할 무렵, 조용히 육아휴직을 내고 온 사람이었다. 남편은 감정에 쉽게 동요되고 이입하는 나의 옆에 언제나 묵묵히 서 있었다.

나는 한동안 남편에게서 육아를 방어했다. 동시에 육아하는 내 마음을 몰라준다고 남편을 원망한 적도 많았다. 토네이도 같은 감정이 남편과의 사이를 멀어지게 했을까? 무당의 말 한마디에는 벌벌 떨고, 남편에게는 '육아'에 대해 알지도 못한다고 소리만 질렀나? 이렇게 감정적으로 살다가는 아이 앞에서도 남편 앞에서도 떳떳한 엄마, 아내가 될 수 없을 것 같았다. 마냥 고개 숙여 울고 있을 게 아니었다. 죽음이 진정 사실이든 아니든 상관없다. 죽음이 사실이라면 '우리'의 옆으로 빗나갈 수 있도록 몸을 움직이면 된다. 그래, 무엇이든 일단 하자.

남편의 덤덤한 위로를 받은 이후, 나는 무당에 대한 이야기를 단 한 번도 입 밖으로 꺼내지 않았다.

움직이면 할 수 있다

이야기 셋

상투적인 말도 힘이 돼요

아이가 태어나자마자 '성장'을 기록하기 위해 인스타그램 계정을 만들었다. 가족이나 가까운 지인 외에는 보지 못하게 비공개 계정으로 설정해 놓고, 아이의 사진을 올렸다. 주로 아이가 밥 먹는 모습, 낮잠자는 모습, 걸음마 하는 모습 등의 일상적인 사진이었다. 육아일기 쓰듯 기록하는 것이 전부였다. 나에게 인스타그램 계정은 '기록용' 그 이상도 이하도 아니었다.

아이 사진을 올리고 나면 자연스럽게 지인들의 인스타그램 피드를 구경했다. 인스타그램에는 정말 다양한 사람들이 존재한다. 광고 글만 올리는 사람부터 여행 사진을 올리는 사람, 음식 사진만 올리는 사람… 생각 없이 화면 스크롤을 내리다 보면 30분은 금방 지나갔다. 이날도 생각 없이 화면 스크롤을 내리고 있었는데, 눈에 확 들어오는 사진이 보였다. 이유식 레시피를 간단하게 정리해서 나열해 놓은 사진이었다. 아이들이 좋아할 것 같으면서도 영양분은 다 들어가 있는 식단이었다. 이유식 계정은 야채를 싫어하는 아이를 위한 이유식, 아이용 식판 구매 정보, 이유식 초기, 중기, 후기, 단계별로 섭취해야 하는 식재료 등 엄마들에게 필요한 정보를 제공하는 글을 주로 올렸다. 글마다 좋아요와 댓글은 기본 100개를 유지했다. 내 눈에만 예쁜 아이의 사진을 올려놓은 나의 계정과는 너무 달랐다.

댓글 몇 개가 눈에 들어왔다.

"다 똑같은가 봐요. 우리 집도 밥 먹일 때마다 전쟁이에요."
"힘내요. 충분히 잘하고 있어요."

이 계정은 이유식에 대한 정보만 알려주는 계정이 아니었다. 이유식 만드는 것이 아직 어려운 엄마들, 아침마다 아이와 밥으로 전쟁을 벌인다는 엄마들과 댓글로 서로 공감하며 소통하고 있었다. 어떻게 보면 상투적으로 보일 수 있는 댓글이지만, 왠지 마음이 뭉클해졌다.

며칠 뒤 비공개로 두었던 인스타그램 계정을 공개 계정으로 풀었다. 아이가 장난감을 가지고 노는 모습, 이유식을 먹는 모습, 책을 보는 순간, 함께 외출해서 보낸 시간의 기록 등 아이와 함께하는 모든 순간을 더 자세하게 남겼다. 느렸지만 꾸준히 팔로우가 늘었다.

"이 교구는 어디서 샀는지 정보 좀 알 수 있을까요?"
"아이 방이 깔끔하고 너무 예뻐요."

댓글 하나가 주는 힘은 대단했다. 어떤 사람은 우연히 들렀는데 좋은 장난감과 책 정보를 알게 되어서 고맙다는 댓글을 남기기도 했다. 서로 안부를 묻고 일상을 공유하는 것을 이제 알다니, SNS를 하며 핸드폰을 들여다보는 것은 어느덧 내 일상 속 오아시스가 되었다.

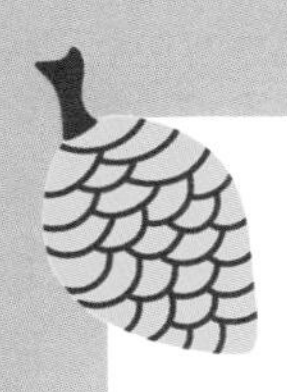

엄마의 외로움 탈출법

인스타그램은 누구나 사용할 수 있습니다. 해시태그만 잘 이용하면 엄마들과 육아 정보를 공유하고, 유대를 만들 수 있어요. 제가 사용하는 해시태그는 '#이유식식단 #2세아이책추천 #떼쓰는아이 #어린이집상담팁'이 있습니다. 여러분도 관심 있는 분야의 해시태그를 이용해 피드를 구경해 보세요. 관심사가 비슷한 엄마들과 감정을 공유하다 보면 마음이 따뜻해집니다.

하지만 인스타그램에만 의존해선 안 돼요. 아무래도 온라인이 오프라인에서 느끼는 외로움을 전부 해소시켜줄 순 없으니까요. 오프라인 만남을 통해 관계를 확장하세요. 특히 강연이나 자기계발 소셜 모임에 참여해 보세요. 간편하면서도 유익한 정보와 끈끈한 관계, 그리고 열정까지 얻을 수 있습니다.

'해볼까?'하는 마음

시누이는 나의 인스타그램 계정을 보고 사진을 잘 찍는다고 했다. 이 정도면 물건도 잘 찍어서 팔 것 같다고 말했다.

"옆집 엄마는 물건 팔아서 한 달에 800만 원 벌었대요!"

"물건을 팔아서요? 어디서 무슨 물건을 파는데요?"

"상품을 온라인 쇼핑몰에 올려서 파는 거에요. '신사임당' 유튜버 보면 온라인 시장에서 돈을 어떻게 버는지 자세하게 알려줘요. 저는 종종 그거 찾아 보잖아요~"

"신사임당이 뭐예요?"

"신사임당이라고 유명한 유튜버 있어요."

바깥 세상이 어떻게 돌아가는지 볼 틈이 없었다. 유튜브는 물론이고 신곡을 발표한 가수, 요즘 인기 있는 드라마도 몰랐다. 하루 종일 아이를 돌보다 보면 시간이 어떻게 지나가는지 모른다. 사업의 사자도 모르는 나에게 물건을 팔아서 돈을 버는 이야기는 딴 세상 소리처럼 들렸다. 세수할 시간도 없는데, TV 리모컨을 드는 일이나 유튜브를 시청하는 일은 내게 사치였다.

한 주 지나 다시 만난 시누이는 요즘엔 경제 공부를 하고 있다고 했다. 부동산과 주식 이야기를 하며 요즘 경제 분위기가 어떤지 이야기했다. 금융문맹이 되지 않겠다며 밤에는 존 리 책을 읽고, 아침에는 목동 스타 영어 강사답게 미국 주식 장과 세계 뉴스를 본다고 했다. 시누이는 아이들의 교육을 위해 자신이 먼저 공부하고 함께 지식을 나누는 시간이 꼭 필요하다고 했다. 엄마가 똑똑해지면 아이들도 덩달아 엄마를 닮아간다고, 자기계발은 곧 부를 축적하는 것이라고 말했다. 시누이의 눈빛에서 자산가의 꿈을 반드시 이룰 거라는 강한 의지가 보였다.

“새언니도 한번 해봐요. 진짜 잘할 거 같은데…”

언젠가부터 시부모님댁에 가면 시누이의 사업 권유 타임은

필수가 되었다. 그런데 사업은 아무나 하나? 사업도 돈이 있는 사람이 하는 것이라고 늘 생각해왔다. 사업을 하고 싶으면 다른 일을 해서 우선 종잣돈을 여유 있게 모아야 할 것 같았다. 설령 사업자금이 있어도 육아를 하면서 사업을 한다는 건 상상도 못할 일이었다. 시누이는 내가 매일 들여다보는 인스타그램으로 사업을 할 수 있다고 말했다. 보증금이 없어도, 직원이 없어도 할 수 있는 사업이 있다고? 생각하던 찰나 시누이가 말했다.

"쿠팡 파트너스 알아요?"
"그게 뭐예요? 쿠팡이랑 다른 거예요?"
"어떤 제품을 리뷰 형태로 소개하고 밑에 링크를 달아두는 거예요. 사람들이 그 링크를 통해 새언니가 소개한 제품을 구매하면 일정 금액의 수수료를 받을 수 있어요. 육아용품, 장난감, 교구 등 쿠팡에서 산 게 있으면 제품 링크를 인스타그램 피드에 넣어봐요."

생각보다 쉬웠다. 인스타그램 피드에 제품 구매 링크만 삽입하면 되는 일이었다. 아이를 키우면서도 충분히 할 수 있을 것 같았다. 무엇보다 자본금이 들지 않았다. 내가 올린 링크를 통해 사람들이 구매한다면 아이 간식값 정도는 내 손으로 벌어볼 수 있겠다는 생각이 들었다.

망할 것도 없으니 일단 쿠팡 파트너스를 시작하기로 했다. 아이의 장난감, 교구, 세면도구, 어린이집 준비물 등 그동안 쿠팡에서 구매했던 제품들을 검색했다. 내 경험에 비추어 어떤 제품이 유용했는지 살폈다. 무언가 할 수 있다는 생각에, 작은 일임에도, 자신감이 붙었다.

시누이가 말해 준 방법은 인스타그램에서 적용 불가능했다. 피드에 링크를 넣을 순 있었지만, 링크를 눌렀을 때 판매 사이트로 넘어가지 않았다. 인스타그램이 제품 판매 수단으로 사용되는 것을 방지하기 위해 피드에는 링크를 삽입하지 못 하게 해놨다.

실망하지 않고 해결책은 빠르게 찾는 편이 좋다. 제품을 쉽고 빠르게 바로 구매할 수 있는 다른 방법을 찾았다. 나와 같은 고민을 하는 사람들이 분명 있었을 텐데, 그들은 어떻게 구매 링크를 공유했는지 찾아봤다. 지금도 문제가 생기면 비슷한 문제를 경험한 사람들의 정보를 찾아본다. 피드백은 빠르면 빠를수록 좋다. 인스타그램 프로필에 링크 하나 정도는 올릴 수 있다는 것을 알게 되었고, 여러 링크 주소를 달기 위해서는 하나의 웹사이트 주소를 만들어서 그 안에 링크를 여러 개 삽입해야 한다는 걸 알아냈다.

“요즘 뭘 그렇게 노트북 화면을 뚫어져라 쳐다봐?”

남편이 나의 뒤에서 물었다. 모니터에서 시선을 떼지 않은 채로 ‘어?’ 라고 되물었다. 순간 남편의 질문이 무엇이었는지 생각나지 않았다. 아이 간식값 하나 벌자고 이렇게 내가 변한다고? 어딘가에 집중한 나의 모습이 어색했다.

단단해지기 위해
아침마다 반복한 일

모닝확언 듣기

이루고 싶은 것들을 녹음해서 아침마다 들었어요. 기상 직후에는 무언가를 할 틈이 없어요. 그래도 다짐은 해야죠. 손엔 밥그릇이 들려 있지만, 귀로는 녹음해 둔 모닝확언을 들으며 일과를 시작했습니다.

독서하기

책 읽기는 정신이 맑은 아침에 하는 편이 좋습니다. 짧게는 10분, 길게는 30분씩 독서를 하면서 마음을 잡았어요. 특히 자기계발서를 읽으며 “나도 이들처럼 할 수 있다!”고 다짐했습니다.

긍정적인 말 적어보기

머리로 생각만 하는 것과 직접 쓰고 보는 것은 달라요. 쓴다고 즉시 효과를 가져다 주진 않지만, 확고한 목표와 할 수 있다는 용기를 주는 것은 분명합니다.

롤모델이 있어야 해요

지난번 링크 활성화 문제를 해결하기 위해 '쿠팡 파트너스,' '수익화,' '온라인 부업,' 등을 검색한 기록들이 쌓여, 인스타그램 알고리즘은 나를 배우고자 하는 사람으로 인식한 듯했다. 인스타그램은 재테크 관련 강의 정보들을 무작위로 나에게 노출시켰다. 평소에는 그냥 지나갔을 수도 있겠지만, 그날따라 눈에 들어오는 광고가 있었다. 김유라 작가의 '소비 습관 개선 프로젝트' 강연 소식이었다. 소비 습관을 개선하는데 묘한 비책이라도 있는 걸까? 돈을 좀 모을 수 있는 방법이 있을까? 가계에 도움이 될 것 같아 강연을 들으러 가고 싶었지만, 순간 아이가 눈에 밟혔다. 아이를 긴 시간 동안 어린이집에 맡기고 외출

한 적이 없어 고민됐다.

“소비 습관 개선도 개선이지만, 간 김에 바람 좀 쐬고 와. 애 몇 시간 늦게 데리러 간다고 해서 큰일 안 나.”

남편은 옆에서 이런 기회를 놓치면 안 된다며 강연을 듣고 오라고 했다. 남편의 짧고 굵은 한 마디에 나는 바로 강연을 신청했다.

2020년 11월 19일 오전 10시 30분. 처음 가보는 장소에, 처음 보는 사람들과 한 공간에서 김유라 작가를 만나는 것 자체가 나에겐 큰 모험이었다. 아이를 두고 처음으로 '나'를 위해 떠난 순간이기도 했다. 어린이집에 아이를 맡기고도 불안한 마음은 자꾸 들었지만, 나에게 집중하려고 노력했다. 화장을 하고 깔끔한 옷을 꺼내 입었다. 입술에 립스틱을 바르고 구두도 신었다. 거울에 비친 나의 모습을 보니 옅은 미소가 지어졌다.

“안녕하세요~. 많은 분들이 와 주셨네요.”

김유라 작가는 강연장 뒤에서 양손을 흔들며 들어왔다. 강단만 바라보고 있던 사람들은 모두 고개를 돌렸다. 사람들의 환

호성과 함께 박수 소리가 강연장을 가득 채웠다. 김유라 작가는 사람들이 앉아있는 좌석을 지나 무대까지 당차게 걸어갔다. 검은색 가죽 레깅스, 호피 무늬 모피, 시원하게 웃는 미소. 그녀의 강한 에너지는 내가 앉아있는 좌석까지 충분히 전해졌다. 넓은 무대 위에서 많은 사람의 시선을 한번에 장악하는 능력 또한 대단했다. 머리부터 발끝까지 당당함이 묻어 있는 그녀는 나와 정반대의 모습이었다. '이렇게 멋진 여자가 있다니. 나도 일을 하면 그녀처럼 반짝반짝 빛날 수 있을까? 저런 에너지를 가질 수 있을까?' 한참을 멍때린 채로 그녀를 바라봤다.

그녀는 재테크 관련 책만 6권을 출간한 작가였다. 엄청난 스펙에 이미 놀랐었는데, 나를 더 놀라게 한 포인트는 따로 있었다. 그녀에게는 아들이 세 명이나 있었다. 아이가 낮잠을 자거나 온 가족이 잠든 밤에 책을 읽었고, 아이가 혼자 노는 시간에도 잠깐의 틈을 이용해 책을 읽을 정도로 손에서 책을 놓지 않았다고 했다. 그녀는 자신이 어떤 상황에 놓여있든 '꾸준히' 했고, 그로 인해 얻은 깨달음을 삶의 지혜로 적용했다. 이 바탕에는 겁내지 않고 움직이는 행동력이 있었다. 그녀의 모든 행동이 존경스러웠다. 단 몇십 분 만에 인간 김유라에게 매료되었다.

눈물로 들었던 강의가 끝나고, 작가의 사인회가 있을 예정이라는 사회자의 안내 방송이 나왔다. 태어나서 누군가의 사인을 받아본 적이 없었지만 강의 내내 마음에 울림을 준 그녀의 에너지를 기억하고 싶었다. 너무 힘들어 길이 보이지 않을 때 그녀의 필적을 보면 다시 살아갈 힘을 얻을 수 있을 것 같았다.

김유라 작가에게 사인을 받은 노트에 그녀가 조언해 주었던 것을 메모했다. '꿈과 목표를 구체적으로 세우고 하나씩 실천해 나가며 비전 보드를 만들어 시각화 하라.' 언젠가 나도 그녀처럼 많은 사람에게 꿈과 용기를 전하는 일을 해보고 싶다는 생각이 들었다. 나의 상황에서 꾸준히 할 수 있는 일을 찾아 묵묵히 해내겠다고 다짐했다. 그런 생각이 든 순간 스스로에게 놀랐다.

'드디어 뭔가 하려는 의지가 생긴 거야?'

쓰면 꿈이 명확해져요

'세상에 돈 벌 수 있는 방법이 이렇게나 많다고?'

출산 후 자신감을 잃고 방황하는 엄마들에게 육아하면서 할 수 있는 일들을 무료로 컨설팅해준다는 소식을 전해 들었다. 뭐든 교육을 더 받고 싶었다. 반가운 마음에 신청서를 쓰고 연락을 기다렸다.

직접 만나 들어본 캡틴나나의 컨설팅은 그야말로 신세계였다. 그녀의 온라인 사업 행보는 경력 단절된 엄마들의 표본이었다. 상품을 고객들에게 판매하는 방법, 자신이 가지고 있는 능력으로 수익 내는 방법 등을 알려주는 캡틴나나의 컨설팅은 다른 세상 이야기처럼 다가왔다. 지금껏 누군가의 밑에서 성실히 일하고 받는 근로소득이 전부인 줄 알았다. 스스로 주체가 되어 생산적인 일을 할 수 있다니.

4번의 컨설팅이 끝나고 일상으로 돌아왔다. 막상 하려니 시작부터 꼬였다. 어디서부터 어떻게 시작해야 할지, 무엇부터 해야 할지. 생각들이 머릿속에서 정리되지 않은 채 서로 뒤엉켰다.

"하고 싶은 일을 빠짐없이 써보세요. 그리고 그걸 이루기 위해 해야 하는 일을 차례대로 적어 보세요. 거기서 본인이 할 수 있는 일과 레버리지를 활용해야만 할 수 있는 일을 분류해 보는 거예요. 할 수 있는 간단한 일부터 일단 실행하세요!"

그녀가 무슨 일을 먼저 해야 할지 모를 때 단계적으로 일에 접근하는 방법을 알려준 적이 있다. 지금 당장 할 수 있는 일보다 더 미래의 일을 먼저 생각하면 어떤 일도 하지 못하게 된다는 말도 덧붙였다. 캡틴나나는 결국 '실행'이 답이라고 말했다. 노트와 펜을 꺼냈다. 머릿속에 들어 있는 복잡한 마음과 생각들을 모조리 꺼내 종이 위에 적었다. '그래! 이런 일도 하고 싶다고 생각 했었지!' '이것도 재밌겠다. 이 일도 해보고 싶네?'

포스팅, 전자책 제작, 유튜브 채널 개설, 쇼핑몰 운영 등 종이가 가득 채워질 정도로 적어 내려갔다. 적은 것들을 서로 비교해 보며 일의 중요도를 정해보았다. 하고 싶지만 지금 당장 할 수 없는 일들은 과감히 제쳐두고, 할 수 있는 쉽고 작은 일부터 시작했다. 그동안 일 안 하고 어떻게 살았나 싶은 정도로 열정의 불씨가 활활 타올랐다.

그동안은 욕심만 많았던 걸까? 고민하고 있어 봐야 시작을 안 하면 무슨 의미가 있을까? 눈에 보이지 않는 생각들은 진실보다 크게 왜곡되어 있어서 두려움이 먼저 앞섰다. 그러나 실행하기에 앞서 현재 상황을 쓰고 눈으로 보면 답은 나와 있었다.

작은 일이라도 실행을 해야 다음 길로 갈 수 있다는 생각에 늘어져 있을 시간이 없었다.

"그래, 하고 보면 길이 보이고 길 위에는 많은 방법이 있다. 죽이 되든 밥이 되든 일단 실행하자."

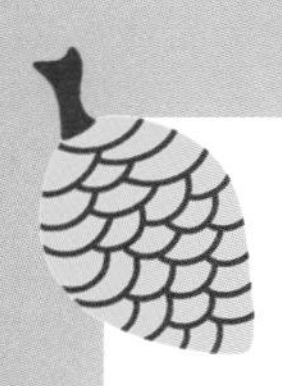

글로 정리하는 팁

1. 현재 자신의 상황을 객관적으로 관찰하고, 마음 속에 있는 생각들을 써봅니다.

   내가 잘하는 것 vs 잘 하지 못하는 것

   내가 하고 싶은 것 vs 하고 싶지 않은 것

   내가 해보고 싶은 일 vs 할 수 있을 것 같은 일

2. 현실적으로 할 수 있는 일과 이상적인 일을 분류해봅니다.

   나만 할 수 있는 일 vs 함께 할 수 있는 일

   당장 하고 싶은 일 vs 3개월 뒤에 해도 늦지 않는 일

   돈이 필요한 일 vs 무자본으로 할 수 있는 일

3. 잘할 수 있고, 하고 싶은 일들만 남았다면 이 일들을 하기 위해 필요한 구체적인 계획을 세웁니다. 자신이 선택한 일에 '투자한다는 마음'으로 다가가야 집중할 수 있습니다.

‘비비디 바비디 부’

비비디 바비디 부:
생각과 소망이 실현되는 희망의 주문

‘나’를 사랑하지 않으면 할 수 있는 일은 아무것도 없다. 결국 하고 싶은 일을 찾고, 꿈을 꾸고, 목표를 이루는 건 나 자신이 해야 한다. 앞으로 가는 길에 칭찬과 격려를 아끼지 않을 사람은, 나의 존재 자체를 인정해 줄 사람은, 오직 나뿐이다.

나에게 매일 잘할 수 있다고 말해주고 싶었다. 아침에 눈을 뜬 순간부터 일을 하는 중간중간에도 잘하고 있다고 스스로를 다독여 주기로 했다. 나에게 해 주고 싶은 말들을 타이핑해서,

프린트하고 코팅까지 했다. 식탁 앞 벽에 붙였다. 이미지 파일로 만들어 휴대폰 배경 화면으로 설정해두기도 했다. 틈날 때마다 정독하고, 깜지 쓰듯 따라 썼다.

나는 나를 믿는다.
나는 강한 엄마, 멋진 아내다.
나는 다른 사람과 비교하지 않는다.
나는 나 자신을 사랑한다.
나는 조금씩 성장하고 있다.
나는 한다면 하는 사람이다.
나는 오늘 계획한 일을 해낸다.
나는 문제를 지혜롭게 풀어나갈 힘이 있다.
나는 강한 잠재의식을 갖고 있다.
나는 강남 빌딩의 주인이 된다.
나는 1년 안에 1억을 번다.

매일 아침 나를 사랑하는 마음으로 하루를 시작했다. 어떤 날은 나를 믿는다는 문장이 먹먹하게 와 닿았고, 어떤 날은 한다면 하는 사람이라는 문장이 나를 뛰게 했다. 빌딩 주인이 된다는 문장을 쓸 때는 너무 꿈 같은 이야기를 쓴 것 같아 피식 웃음이 나오기도 했다.

매일 쓰고 말하며 머릿속에 각인시키는 일을 '꾸준히' 한다는 것은 생각보다 어려웠다. 하루씩 거르는 날도 있었고, 귀찮다는 표정을 지으며 겨우겨우 쓸 때도 있었다. 그렇지만 지금 상황에서 내가 할 수 있는 최선은 '나를 믿어주고 할 수 있다고 용기를 북돋아 주는 일'이었기에 절대 포기는 하지 않았다.

한 달이 지났을 무렵 신기하게도 자신감이 생겼다. 나의 삶을 소중하게 생각하게 되니 하고 싶은 일도, 원하는 것도 더 많이 생겼다. 판매하는 상품의 종류도 늘리고 싶어졌고, 직원을 고용해 보고 싶다는 생각도 들었다. 새로운 분야에 끊임없이 도전하다 보면 성장한 나 자신을 마주할 수 있을 것 같았다.

어떤 꿈을 꾸어야 하는지, 목표는 얼만큼 잡아야 하는지 고민하고 있을 때 누군가 이런 말을 해준 적이 있다.

"꿈은 본인이 생각하는 것에서 300% 더 크게 가져야 한대요. 그러면 150%는 무조건 실현할 수 있대요. 강남에 빌딩을 세우는 꿈을 꾸세요. 또 알아요? 강남에 작은 사무실이라도 생길지?"

꿈은 내 현실에 맞춰서 꾸는 것보다, 그것의 배로 또는 3배,

4배로 꾸면 100%는 이루지 못해도 반은 이루어진다는 말이었다. 꿈은 크게 가져야 한다. 주문을 외우듯 매일 되뇌다 보면,

나는 할수 있다.

나는 강한 엄마 멋진 아내다

일과 가정을 분리하세요

오전 9시 30분. 아이를 어린이집에 보내고 집으로 돌아왔다. 등원 전쟁을 치루느라 하루가 시작하기 전부터 진이 빠지기 일쑤였다. 집으로 돌아왔을 때 가장 먼저 눈에 보이는 건 거실 바닥에 널려있는 장난감이었다. 허리를 굽혀 장난감을 하나하나 줍다 보면, 이놈의 망할 머리카락들은 왜 이렇게 많은 건지. 청소기로 집안 전체를 밀고 나면 그제야 속이 후련해졌다. 빨랫감만 세탁기에 넣으면 당장 해야 할 집안일은 끝이 난다. 오전 11시. 달달한 커피 한 잔을 타서 식탁 앞에 앉았다. 온라인 사업을 본격적으로 하기 위해서는 정신을 바짝 차려야 했다. 사업자 통장을 개설하고, 판매 사이트 가입 및 각종 서류 구비까지…. 쉬워 보이지만 결코 대충해서는 안 될 일들이다. 시간이 얼마나 지났을까? 배에서 꼬르륵 소리가 울렸다. 오후 1시가 넘어서야 첫 끼니를 때웠다. 먹은 것을 설거지하고 다시 일하기 위해 식탁 앞에 앉으면… 세탁기에서 빨래가 끝났다는 알람 소리가 들린다. 세탁기에서 옷을 꺼내고, 건조기에 넣었다. 그리고 다시 식탁 앞에 앉았다. 그렇게 어영부영하다 보면 시곗바늘은 오후 4시를 가리켰다. 아이를 데리러 어린이집으로 향해야 하는 시간이다. 하던 것을 그대로 놔두고, 서둘러 옷을 챙겨 현관문을 나섰다. 육아와 살림 그리고 일. 이 세 가지를 병행하면서 지내다 보면, 하루는 너무 짧다.

사업을 시작한다는 희망찬 마음은 모든 걸 포용할 수 있을 것이라고 생각했다. 하지만 희망찬 마음과는 다르게 시간은 야속했다. 뭘 해보려고 하면 집안일이나 육아가 나의 앞을 막았다. 시간을 효율적으로 쓰지 못하는 나를 탓하다가도, 일할 시간이 턱없이 부족한 것 같다는 생각에 혼자 투덜거리기도 했다. 현재 처한 환경을 차근차근 되짚어 보았다.

나는 집이라는 공간 속에서 '엄마의 시간' 그리고 '나의 시간'을 나누어 쓰고 있었다. 돈만 있다면 작은 사무실 하나 얻어서 나가고 싶다는 생각을 종종 했지만, 통장을 보면 그 마음은 접어 두어야 했다. 유튜브, 사업, 강의까지 종횡무진하며 온라인 사업을 확장해 나가고 있는 그녀에게도 이런 시기가 있었을까? 캡틴나나에게 조언을 얻고자 연락했다. 그녀도 육아하며 바쁜 시간을 쪼개어 자신의 일을 하고 있었기에 나의 상황을 금방 이해할 것이라고 생각했다.

"집에서 일을 하다 보니 일에 온전히 집중할 수 있는 시간이 적은 것 같아요. 무슨 방법이 없을까요?"

그녀는 좋은 질문이라고 했다. 일하는 환경에 변화를 주면 마음가짐도 달라지고 일의 집중도도 높아질 것이라며 작은 사무실을 구할 것을 추천했다. 사무실을 구해서 일하고 싶다고 생각해오던 터라 나의 변명을 합리화하는 순간이었다.

"그쵸! 사무실 있어야 하는 거 맞죠?"

철없이 웃다가도 비용을 생각하니 웃음은 금방 사라졌다. 고정비용이 늘어나는 일은 부담이었고, 그렇다고 대출을 받는 것은 나에게 엄청난 용기가 필요한 일이었다. 그저 겁 많고 성격 급한 초보 사업가였다.

"아직은 개인 사무실을 구하기 부담스러운 상황이에요…."

"그러면 공유 오피스 어때요? 요즘엔 1인 사업가들이 워낙 많아서 이런 시설들이 꽤 있어요."

공유 오피스. 단어는 들어봤지만, 정확히 어떤 업무환경을 갖추고 있는 곳인지는 몰랐다. 검색해 보니 집에서 차로 10분 거리에 공유 오피스가 있었다. 며칠을 고민하다 일단 1일 이용권을 결제해 방문해 보기로 했다.

바깥 세상은 달랐다. 식탁 벽만 바라보며 일하다가 탁 트인 공간에 들어오니 세포가 살아서 움직이는 듯 했다. 곳곳에 놓인 방향제는 콧속을 간지럽혔다. 잔잔한 음악 소리는 공간을 채웠다. 푹신한 의자에 앉으니 척추는 일사불란하게 제자리를 찾아가는 것 같았다. 무엇보다 설거지, 빨래, 청소 등의 집안일이 눈앞에 보이지 않는 점이 좋았다. 오로지 일에만 집중할 수 있었다. 게다가 공유 오피스는 보증금과 관리비가 들어가는 개인사무실에 비해 저렴하고, 사람들과 교류할 수 있다는 장점도 있었다. 35만 원짜리 프린터기도 쩔쩔매며 할부로 결제했던 내가 무슨 자신감인지 월 60만 원짜리 개인 사무실을 계약했다.

사업은 함께하는 일

일을 시작하고 다양한 단체 대화방에 들어갔다. 이 모임 저 모임 하나씩 늘어나니 대화에 참여하기가 힘들고 놓치는 내용도 늘어갔다. 어느 날, 한 메시지가 눈에 띄었다. 유튜브 '마케팅 훈련소 스마TV'의 운영자이자, 마케팅 강사인 스몰마케터의 무료 강의 공지였다. 초기에 시작한 구매대행 사업이 부진해 도약이 필요한 시점이었던 터라, 유일무이한 비법이 되어줄 것 같았다.

무료로 진행되는 만큼 많은 사람이 지원할 것이라는 생각에 다급해졌다. 나의 간절함이 잘 전달됐을까? 그날 밤, 잠이 오지 않아 다시 컴퓨터 앞에 앉았다. 이미 신청서를 보냈지만, 한

번 더 보냈다. 절박한 상황이고, 어떠한 장애물이 있어도 노력할 강한 의지가 있다고 한 번 더 나를 피력했다. 신청 완료했다는 댓글을 보면 간절하지 않은 사람이 없었다. 모두 성장을 갈망하고 있었다. 며칠 뒤, 오프라인 강의에 참석하라는 연락을 받았다.

"오예!"

샤우팅을 외쳤다. 강남역에서 한 달간 매주 토요일 오전 10시 시작이었다. 강남 땅을 밟는다는 것 자체만으로도 에너지가 타올랐다. 미국에 뉴욕 맨해튼이 있다면 한국엔 강남이 있지 않은가. 성공의 상징과도 같은 강남으로 성공을 위해 강의를 들으러 가고 있다니.

"돌아가면서 한 분씩 자기 소개를 해주시겠어요?"
"안녕하세요. 아이 키우면서 해외구매대행 사업을 하고 있어요. 마케팅의 '마' 자도 모르지만, 여기서 열심히 배워서 판매전략을 꼼꼼하게 세우고 싶어 신청하게 되었어요."

노후 준비로 온라인 사업을 시작하는 현직 교수, 플룻 연주

하는 음악가이면서 자신만의 브랜드를 만들어가기 위해 온라인 사업에 뛰어든 40대 주부, 직장인에서 사업가로 도약을 시작하며 밤낮으로 공부하는 40대 가장, 국내 제조 생산을 통해 다져온 내공으로 새로운 제품 판매를 계획하는 30대 주부, 와인샵을 운영하며 온.오프라인 사업가로 승승장구 할 길을 모색하는 30대 남성, 직원 6명과 함께 온라인 사업을 하고 있으면서 더 큰 무대로 확장하기 위해 노력하는 현직 사업가, 남편과 함께 온라인 사업을 시작한 전직 디자이너 출신 30대 주부, 해외에서 상품을 수입해서 국내에 유통하고 있는 20대 청년까지, 다양한 인생사와 이야기를 가진 사람들이 한 공간에 모여 있었다. 대학생 때도 가입하지 않았던 동아리를 사회에서 만난 사람들과 함께 하는 기분이었다. 순간 대학생으로 돌아간 듯 했다.

그들은 각자의 현실에 안주하지 않고 새로운 꿈과 목표를 설정하고 달려가는 히어로들 같았다. 한달 간 매주 만나 강의를 듣고, 사업 이야기를 나눴다. 창업지원 포털 사이트에서 올라오는 지원사업 정보를 알려주기도 하고, 상품 판매도 라이브커머스가 대세라며 쇼핑 패러다임의 변화에 대해 이야기도 나눴다. 동기부여가 되는 '스터디언,' '세바시 인생질문,' '하와이대저택,' '인간개조용광로' 등과 같은 다양한 유튜브 채널도 공유했다. 어디서 이런 정보를 얻었는지 놀라울 정도였다. 배움에는 끝이 없었다.

함께 꾸준히 행동하면 퇴보하지 않고 목표를 달성 할 수 있다는 희망이 생겼다. 혼자서는 절대 할 수 없었던 생각과 실행이었다. 스몰마케터가 우리를 자석처럼 끌어 준 덕분에 함께 강의를 들었던 대표들은 사업 방향 및 목표를 재설정할 수 있었다. 그들을 보며 사업은 사업가 기질이 있는 사람만이 할 수 있다는 고정관념이 깨졌다. 사업은 함께하는 일이었다.

일하면서 만난 모든 사람은 나의 귀인이었다. 크고 작은 영향, 긍정과 부정적 기운만 있을 뿐 돌이켜 생각해보면 나를 움직이는 데 모두 일조했다. 사람을 만나면 성장을 위한 자극이 커진다고 믿는 이유도 이러한 경험에서 비롯되었다.

스몰마케터 강의에서 만난 우리는 강의가 끝난 후에도 종종 만나 지대한 영향을 주고 받았다. 강의가 끝나고 단체복을 맞추자는 이야기가 나왔다. 대학생만 과티 입으라는 법 있나? 서로의 성장을 응원하며 의기투합하는 의미로 단체복을 제작했다. 대학생들의 젊음, 패기 만큼이나 우리도 지치지 않는다.

주변에서 숨은 답 찾기

공유 오피스에서 일을 시작한 지 3개월이 지났다. 처음 시작할 때의 호기는 어디로 가고 좀처럼 늘지 않는 매출에 소심해져가고 있었다. 하루에 주문이 겨우 2, 3건 들어오는 날도 있었고, 어떤 날은 1건도 없었다. 사업 초기 자본금이 넉넉하지 않아 파트타임으로 일하는 아르바이트생을 고용했다. 아르바이트생을 고용하면 직원보다는 인건비가 덜 나간다는 장점이 있었지만, 파트타임이라 2시간밖에 일하지 않았다. 턱없이 짧은 근무 시간에 아르바이트생의 업무 효율도 오르지 않는 듯했다. 직원 채용은 너무 섣부르고, 아르바이트생으로는 부족한 것 같아 생각이 많아졌다. 아직은 회사를 1인 체제로 운영해야 하나

고민하기도 했다. 줄어들지 않는 고정비용 앞에서 연거푸 한숨만 나왔다.

"대표님, 무슨 일 있으세요?"

중간중간 공유 오피스 사람들이 물었다. 아무 일 없다고 애써 괜찮은 척 했지만, 사실 그렇지 않았다. 다음 달 아르바이트의 급여도 빠듯한 상황이었다. 사업 초보자에게 찾아온 첫 난관이었다. 지금 상황에서 내가 뭘 할 수 있지? 나 잘하고 있는 게 맞을까? 이 길은 나랑 맞는 길일까? 허공을 바라보면서 '어떡하지?'라는 말만 반복하고 있었다. 변호사 마케팅 회사를 운영하시는 박 대표님이 어깨를 툭툭 치며 말했다.

"시은 대표님, 이번에 다른 사업을 하나 시작했는데 대표님의 도움이 필요해요. 하다가 모르면 여쭤봐도 될까요?"

"그럼요. 그런데 지금 하시는 일에다가 온라인 쇼핑몰까지 도전하시고… 몸이 하나라 힘드시겠어요."

"그래서 직원을 한 명 채용했어요. 기존에 하던 업무는 직원과 함께하고, 온라인 쇼핑몰은 일단 저 혼자 시작해 보려고요."

주변에 있던 다른 사람들도 토끼 눈을 뜬 채로 박 대표님을 바라봤다. 변호사 마케팅과 온라인 쇼핑몰은 결이 아예 달랐다. 그 둘을 병행하는 것을 걱정하는 사람도 있었고, 응원하는 사람도 있었다.

"변호사를 마케팅 하는 일이랑 상품을 마케팅 해서 판매로 연결시키는 본질은 같아요~"

박 대표님은 본업만으로도 안정적인 생활 유지가 가능하지만, 수익의 파이프라인을 다양하게 늘리기 위해 사업을 확장하는 것이라고 했다.

박 대표님은 온라인 쇼핑몰을 준비하면서 종종 나를 찾아왔다.

"상품 등록은 보통 하루에 몇 개씩 하나요?"
"요즘 소비자 트렌드는 어디서 확인할 수 있을까요?"

알고 있는 지식 안에서 꾸준히 대답해줬다. 대답할 때마다 늘 아리송했지만, 박 대표님은 항상 웃는 얼굴로 고맙다며 뒤돌아 걸어갔다. 얼마 지나지 않아 박 대표님이 웃으며 찾아왔다. 상품 등록과 마케팅을 꾸준히 했더니 주문량도 증가했다는 소식도 듣고 왔다.

"상품 등록을 매일 했어요. 어떤 상품이 팔릴지 모르니 꾸준히 업데이트했을 뿐인데 판매량이 늘더라고요. '산책하러 나갈 때도 어떤 상품을 판매하면 소비자의 반응을 얻을 수 있을까?' 맨날 생각했던 것 같아요."

두 번째 사업도 안정적으로 이끄는 박 대표님의 모습을 보며, 가슴이 모래성처럼 와르르 무너졌다. '모르면 배우자. 배우다가 잘 안 되면 다른 대표들에게 물어본 후 과감하게 수용하면 된다.' 생각해 보니 별거 아니었다. 처음 공유 오피스에 온 이유를 떠올렸다. 혼자 일 하는 외로움을 없애고, 가고 있는 방향을 잃었을 때 경험 있는 사람들과 소통하고자 공유 오피스에 둥지를 틀었었다. 힘들다고 혼자 포기할 일이었으면 집에서 혼자 일하는 것과 다를 바 없었다. 함께 있으면 배울 수 있고, 자극을 받을 수 있다. 업종을 가리지 않고 새로운 일을 시도하고 영역을 확장해 나가는 대표님의 에너지는 멈칫거리던 나에게 활력이 되었다.

사업에 필요한 말센스

"사기 아니에요? 속은 기분이니 당장 반품해 주세요."

화가 잔뜩 난 고객의 문의에 답변해야 했다. 고객에게 반품 사유를 듣기 위해 여러 차례 전화와 문자를 남겼다. 고객은 단 한번도 연락을 받아주지 않았다. 며칠이 지나고 나서야 고객과 연락이 닿았다. 수화기 너머로 들려오는 목소리는 여전히 쌀쌀맞고 차가웠다. 고객에게 일단 이 상품은 사기가 아니라는 것을 알려드려야 했다.

"고객님, 저번에 사기 아니냐고 했던 상품 말이에요. 일단 사기 아니구요. 오해가 있으신 것 같아요."

고객은 말이 끝나기도 전에 앙칼진 목소리로 말했다.

"그럼 제가 거짓말이라도 한다는 뜻인가요? 고객이 그렇다는데 다짜고짜 아니라고 딱 잘라 말하는 경우는 뭔가요?"

여기서 한 마디 더 내뱉다가는 싸움만 날 것 같았다.

강성고객을 응대하고 나면 종일 생각이 많아졌다. 누구 말이 맞고 틀린 지 설명하면서 고객의 오해를 풀어주고 싶은 마음이 굴뚝같았다. 그러나 결국 나는 '죄송합니다.'만 뱉으며 고개를 숙여야 했다. 고객 CS가 자주 있는 편은 아니었지만, 이런 일이 한 번씩 생길 때마다 말이 마음처럼 나오지 않아 매번 쩔쩔맸다. 이런 고객들의 마음도 사로잡을 수 있는 말센스를 가지고 싶었다.

남편이 김주하의 말센스 강의가 있다며 홈페이지를 알려줬다. 고객과 매출을 동시에 끌어당기는 말센스는 사람의 마음까지도 잡을 수 있다는 문구가 눈에 띄었다. 강의를 듣고 상대방의 마음을 나의 마음처럼 다스릴 줄 아는 사람이 되고 싶었다.

김주하의 말센스 강의가 있는 날이면 일하다가 해결되지 않았던 상황들을 정리해 질문했다.

"오늘 CS 상담을 했는데 고객님이 제 이야기를 아예 안 들으려고 하더라고요. 고객님의 방어적인 태도 때문에 해드려야 할 말을 하지 못하고 급하게 끊었어요."

"고객과 소통하기 전에 상대방 입장에서 듣고 싶은 말이 무엇일지 먼저 생각해 보면 어떨까요? 상대방이 전이하는 불쾌한 감정을 내가 받아들이지 않으면 감정은 나의 것이 아닌 상대방의 것이 돼요. 상대방의 감정 선물을 거부하면 웃을 수 있어요. 반대로 생각하면 자신의 감정을 상대방에게 쏟아내 봐야 원하는 말을 들을 수 없어요. 과한 감정보다는 상대방의 입장에서 본인이 듣고 싶은 말을 생각해 보시면 도움이 될 거예요."

충분히 상대방의 마음을 헤아렸다고 생각했지만 냉정하게 생각해보니 나의 항변이 대부분이었다. 고객의 입장에서 고객이 듣고 싶은 말은 무엇이었을까? 역지사지하니 답은 쉽게 나왔다. '상대방의 마음을 이해하고 공감해 준다.' 상대방의 마음을 이해하고 상황을 인정한 후 짧고 명료하게 전달하고자 하는 내용을 이야기하면 됐다.

며칠 뒤 오배송 건으로 고객 CS가 접수됐다. 고객은 상품을 최대한 빨리 받아야 했다. 그런데 상품이 고객의 집 주소가 아닌 다른 곳으로 배송되었다. 엄연히 택배기사의 실수다. 하지만 고객의 불만은 판매자의 몫으로 돌아온다.

"예정일에 상품을 받아보지 못해서 많이 속상하셨죠. 빠르고 안전하게 도착할 수 있도록 더 신경 썼어야 했습니다. 죄송합니다. 고객님."

목소리를 차분하게 깐 뒤, 김주하가 알려준 대로 응대했다. 고객의 상황을 이해한다고 말하며 오배송된 상황에 대해 다시 한번 사과를 드렸다. 환불을 요구했던 고객은 재배송될 때까지 기다리겠다며 괜찮다고 말했다. 내가 듣고 싶은 말을 상대방에게 해주자 마법 같은 결과를 가지고 왔다. 감정 소비도 하지 않고 아주 부드럽게 일이 마무리됐다.

김주하에게 배운 내용들은 사업뿐만 아니라 삶에도 녹여냈다. 아이의 반응이나, 남편의 날이 선 말투에도 이유가 있다고 생각하며 상대의 감정과 상황을 존중했다. 내 생각만으로 판단하지 않고 일단 멈췄다. 그리고 듣고 싶은 말이 무엇일까 생각했다. 매번 성공하는 건 아니지만 상대방의 말에 귀를 열고 그 마음에 공감한 날이면 괜스레 뿌듯해졌다.

친구에게 전하는 좋은 소식

육아와 일상을 솔직하게 털어놓을 수 있는 친구가 있었다. 공통점이 많아 공감대가 쉽게 형성되었고, 우린 금방 친해졌다. 만나면 육아 고민을 나누며, 서로의 개인적인 감정을 풀어주곤 했다. 그날도 함께 감정을 마구 쏟아내고 집으로 돌아가던 길이었다. 친정아빠에게 전화가 왔다. 이사 간 동네에서는 잘 적응하고 있냐고 물었다. 마음을 다 터놓고 이야기를 나눌 수 있는 친구를 사귀었다고, 오늘도 그 친구와 수다 한바탕 떨고 가는 길이라고 대답했다. 친정아빠는 나지막하게 말했다.

"다른 사람에게 너의 사소한 감정을 다 비추지 마라. 좋은 이야기를 해도 의도치 않게 오해가 생길 수 있는데, 안 좋은 이야기를 계속 한다면 서로에게 좋았던 감정은 금방 불편해질 수 있어."

친구와 '공유'한다고 생각했다. 친정아빠의 말이 이해되지 않았다. 핸드폰 화면을 켜 최근 전화 목록을 눌렀다. 친구에게 친정아빠의 말에 대해 어떻게 생각하는지 묻고 싶었다. 통화 목록에 들어갔을 때 꽤나 당황했다. 통화 목록에는 친구에게 전화 건 기록 밖에 없었다. 친구가 나에게 전화를 건 흔적은 전혀 보이지 않았다. 친정아빠가 해 준 말이 떠올랐다. 생각해 보니 친구에게 전화하는 것도, 만나자고 하는 것도 항상 나였다. 만났을 때 말을 제일 많이 하는 사람도 나였다. 기분이 좋지 않을 때는 기운 빠지는 목소리로 이야기했고, 화가 나는 날에는 격양된 목소리로 이야기했다. 친구는 항상 귀는 열고, 입은 닫고 있었다. 고개를 끄덕이거나, "어휴, 힘들었겠다." 정도의 반응이 전부였다. 내가 친구의 힘든 마음을 들어준 기억은 가물가물했다.

통화 목록 하나로 몸이 이렇게 쉽게 굳어버릴 줄 몰랐다. 친구와 함께 공유하며 감정을 해소하고 있다고 생각했는데, 나만의 착각이었다. 기분 좋고 긍정적인 이야기를 나눌 수 있는 사람을 곁에 더 두고 싶지, 누가 만날 때마다 싫은 소리와 앓는 소리만 하는 사람을 곁에 두고 싶을까. 아주 잠깐이었지만 친구 입장에서 나를 바라보니, 그동안 힘들었겠다는 생각이 들었다.

'나의 문제는 스스로 극복한 후에 친구를 만나야겠다.'

그날 이후 친구에게 연락하는 횟수를 줄여갔다. 서로 아이를 키우다 보니, 코로나 유행 때문에 선뜻 만나기도 조심스러웠다. 온라인 쇼핑몰을 시작하고 책을 쓰기 시작하면서 바쁘게 살았다. 주변 사람들에게 얼굴도 많이 좋아졌다는 이야기를 듣기 시작할 때쯤 친구에게 연락했다. 1년 만이었다.

"잘 지내? 너무 오랜만이다. 별일 없고?"
"응, 일도 하고, 아이도 키우느라 하루가 금방 가네. 너는 잘 지내?"
"나도 비슷하지 뭐. 언제 한 번 얼굴 볼까?"

말이 끝나자마자 마른침을 삼켰다. '언제 한번 보자.'라는 말은 흔한 말이면서도, 기약 없는 약속을 뜻하기도 한다. 내가 이렇게 물었을 때 상대방이 '그래.'라고만 대답한다면, 당시에는 그 말이 진심일 수 있으나 시간이 흐를수록 허공으로 흩어질 가능성이 높다. 친구가 혹여나 뜸들이거나 '그래.', 한 마디 할까 봐 조마조마했다.

"그래, 그러자. 어디서 볼까?"

친구는 1년 전이나 지금이나 똑같은 억양으로 말했다. 우리는 일이 없는 주말에 집 근처 커피숍에서 만났다. 대화의 시작은 비슷했다. 각자의 근황보다 아이들의 근황부터 묻기 바빴다. 아이는 어떤 어린이집을 다니는지부터 편식은 하는지, 성격은 활발한지 등 끝도 없이 대화했다. 아이 근황 이야기만 30분을 한 뒤에야, 우리는 각자의 근황을 공유했다.

"책을 준비하고 있어. 출판사랑 계약도 했고 조만간 책이 나올 거 같아."
"정말? 너무 잘됐다! 브런치에 올라오는 글 종종 보곤 했거든."
"너에게 좋은 소식 꼭 전하고 싶었어. 참, 나 사업도 시작했다?"

친구의 눈에 눈물이 차오르고 있었다. 잘됐다는 말을 울먹거리며 하는 친구를 보는 순간 묘한 감정이 올라왔다. 나도 친구와 '슬픔'이 아닌 '기쁨'을 나눌 수 있구나.

친구는 그동안 나에게 괜찮냐고 안부를 묻는 일이 조심스러웠다고 했다. 오히려 내가 잘 견디고 있을지 늘 걱정했다고 했다. 친구는 끝까지 나를 기다려주는 사람이었다. 나를 잘 알았기에 쉽게 말을 꺼내지 않았다. 친구에게 너무 늦게 이런 모습을 보여줘서 미안하다고 말했다. 그리고 그때 이야기를 들어줘서 고맙다는 말도 잊지 않았다.

이렇게 하루를 보냈어요

8시:	기상
모닝확언 듣기, 아침 독서 3분,
아이 등원준비

9시:	출근
긍정 확언 필사 및 말하기 10분,
키워드 수집 및 업로드

10시:	상품 발주 및 CS

12시:	점심식사 및 트렌드 서치

13시:	자료 수집 및 데일리 스케줄
피드 업로드, 촬영, 편집, 샘플 만들기

17시:	아이 하원 픽업

하원 후 아이가 잠들면 새벽 2시까지 일기, 사진 정리, 자료 만들기를 하다가 잡니다. 굳이 미라클모닝을 따라야 할까요? 나의 단점을 보완해 나에게 맞는 시간표를 만들었습니다.

할 수 있다고 했잖아

성장을 위해 끊임없이 배웠지만 보상 없는 체력전이 이어졌다. 일의 순서와 강도를 조절하지 못했다. 어떻게 하면 일을 잘할 수 있고, 어떤 일을 어떤 순서로 해야 하는지 알고 싶었다. 경험자의 이야기를 들으며 배우러 다녀야겠다는 생각에 여기저기 돌아다녔다.

강의실에 들어갔다. 30, 40명 정도 수용할 수 있는 넓은 강의실에는 혼자 수업을 들으러 왔는지 수강생들이 멀찌감치 떨어져 앉아 있었다. 기쁘고 설레는 마음도 잠시, 몇몇은 나를 보며 싸늘한 눈빛을 보냈다. 인사하면 입은 웃고 있지만, 눈은 웃고 있지 않았다. 진지한 표정과 경직된 자세로 각자의 노트북만 쳐다봤다. 강의실에 타자 소리만 들린 지 5분이 지났다. 강사가 들어왔다. 그제야 수강생들은 고개를 들었다. 수강생들은 강사의 질문에 서로 대답하려고 했고, 모르는 부분이 있으면 거침없이 되물었다. 내가 낄 틈은 없었다. 수업이 끝나고도 그들의 질문은 멈추지 않았다.

수업이 다 끝나고 모두가 나갔을 때 조심스럽게 강사에게 다가갔다.

"혹시 판매하고 싶은 상품은 어디서 구할 수 있을까요? 공장으로 직접 찾아가야 하나요?"

강사는 노트북 화면에서 눈을 떼지 않은 상태로, 대답이 아닌 역질문을 했다.

"온라인 사업 처음이신가요?"

나의 질문이 질문 같지 않다는 말투였다. 처음이라고 하니, 강사는 질문을 여러 개 던졌다.

"판매하고자 하는 상품의 제조사를 하나하나 찾아가서 계약

할 수 있으세요?"

"아이 키우면서 바로 적용할 수 있으시겠어요?"

강사는 상품이 만들어지고 소비자에게 유통되는 기초적인 과정도 모르고 강의를 들으러 온 나에게 열의가 부족하다는 눈빛을 보냈다. 게다가 아이 키우는 엄마의 진심을 짓밟았다. 아이 키우면서 성장하고자 이곳까지 발걸음했는데, 강사에게 차가운 눈빛을 받을 줄은 상상도 못 했다. 내가 이곳에 온 것이 이해 안 간다는 눈빛과 삐딱한 그의 시선을 잊을 수 없었다. 그 뒤부터는 가식적인 웃음과 형식적인 대화만 오고 갔다.

비경험자의 얕은 지식과 고민을 무작정 헤아려주길 바란 건 아니었다. 경쟁상대라고 느껴지지 않으면 그들의 시선에서 배제되는 현실이 서글펐다. 될성부른 나무는 떡잎부터 다른데, 넌 아니라는 눈으로 쳐다봤다. 가능성을 인정받지 못 했다는 사실에 섭섭한 감정도 잠시 오기가 치밀어 올랐다. 주변에서는 '애쓰는 건 알겠는데, 그렇게 해서는 오래 못 갈걸?'이라고 걱정하는 척 하면서, '너는 못 할 것'이라고 못을 박는 사람도 있었고, 내가 사업을 하든 말든 기대 자체를 하지 않아, 관심 따위 주지 않는 사람도 있었다. 잘 할 수 있다고 의지를 불어주는 사람만큼이나 나의 도전을 시시하게 바라보는 사람은 생각보다 많았다. 어떤 사람이든 마음만 먹으면 할 수 있다는 걸 보여줘야 했다.

내가 한 일은 어제보다 나은 미래를 그리고 한 발씩 전진한 것뿐이다. 그들과 말이 통하는 실력을 갖추고 도움을 줄 수 있는 위치에 서 있는 나를 상상했다. 의욕을 잃거나 지칠 틈이 없었다. 매일 하고 싶은 일과 해야 하는 일들이 생겨났다. 실력을 쌓아 능력을 키우는 재미도 있고 지치려고 하면 다시 무시 당했던 그날의 감정을 꺼내어 마음을 다잡았다.

시간이 지나 성과가 나기 시작했다. 매출이 증가하고, 사업의 규모도 커졌다. 나를 무시하던 사람들은 놀란 기색을 감추지 못 했다. 그들이 놀란 모습에서 나는 확신이 섰다.

'나 잘하고 있구나.'

나는 의외로 덤덤하게 반응했다. 나를 무시한 강사를 찾아가 성공한 모습을 보여주고, 도전하지 말라고 만류하던 사람들에게 통장 잔고를 들이밀고, 나를 비웃던 사람들에게 보란듯이 으스대고 싶을 줄 알았다. 매출이 크게 오른 후 그들은 더이상 내 관심이 아니었다. 분개할 대상이 아니었다.

순간의 서운함이 악으로 돌아섰지만, 그들 덕분에 걷다가

길을 잃거나, 넘어지더라도 다시 길 위에 올라설 힘을 얻었다. 내가 나를 인정했다. 타인이 아닌 자신에게 인정받고 나니 과거의 불편했던 시선과 불안했던 마음이 사라졌다.

내가 성장하는데 도움을 준 책

☐ **성장을 도와준 책**

아들 셋 엄마의 돈 되는 독서 (김유라)
원씽 (게리 켈러. 제이 파파산)
마지막 몰입 (짐퀵)
역행자 (자청)
아주작은 습관의 힘 (제임스 클리어)
조인트사고(사토 후미아키, 고지마 미키토)
뉴 컨피던스(이안 로버튼슨)
포스메이킹(신은영)

☐ **마음을 챙겨준 책**

부자의 말센스 (김주하)
자기결정 (페터 비에리)
사실은 사랑받고 싶었어 (박재연)
인생의 의미를 찾는다는 것(뉴필로소퍼)
생각의 비밀(김승호)
꿈이 있는 아내는 늙지않는다 (김미경)

일도 육아도 잘한다

이야기 넷

아이를 사랑하지만

2019년 12월, 코로나19 바이러스는 중국에서 처음 발병됐다. 그로부터 3개월 뒤 세계보건기구(WHO)는 코로나 팬데믹을 선언했다. 아이는 태어난 지 10개월 때부터 마스크를 착용해야 했다. 돌잔치, 결혼식 등 사람이 많이 모이는 행사를 취소하는 집도 늘어났다. 코로나19 바이러스는 온 국민의 노력이 무색할 만큼 빠르게 번졌다. 하루 확진자 수는 100명에서 1만 명, 그리고 10만 명, 급기야 20만 명까지 이르렀다.

이른 아침, 어린이집에서 문자가 왔다.

"어린이집입니다. 교사 한 명과 재원생 한 명이 코로나 확진

판정을 받았습니다. 추가 확진을 방지하기 위해 일주일간 임시 휴원을 결정하였습니다."

코로나19 바이러스가 생겨날 때도 꿋꿋하게 아이를 어린이집에 보내왔다. 하지만 확진자 수가 20만 명에 이를 때부터는 가정 보육 시간이 늘어나기 시작했다. 어린이집에서 일찍 하원을 요청하는 날이면 하던 업무를 멈추고 아이를 데리러 가야 했다. 아이를 봐줄 사람이 없었기 때문이다. 당장 오전에 중요한 미팅이 있었지만, 아이를 혼자 두고 나갈 순 없었다. '나'의 시간에서 '엄마'의 시간으로 돌아가야 한다는 것이 화나기도 했다. 한숨을 쉬며 미팅하기로 했던 대표님들께 참석 불가능하다는 연락을 남겼다. 출근한 남편에게도 이 소식을 알렸다.

"어린이집에 확진자가 나와서 일주일간 휴원한대. 일은 어떡하지?"

"장모님이 아이를 봐주실 수 있으면 부산에 잠깐 가 있는 거 어때?"

남편의 말대로 친정엄마가 아이를 봐주는 동안 일을 하면 딱 맞았다. 곧바로 일주일 치 짐을 싸기 시작했다.

부산에 도착하자마자 아이를 친정엄마에게 맡겼다. 방으로 들어가 노트북부터 꺼냈다. 몇 시간 전에 취소했던 미팅 건부터 처리해야 했다. 그때 방문 너머로 아이의 울음소리가 들렸다. 방문을 열었을 때 아이는 거실 한구석에 쪼그려 앉아 있었다. 오랜만에 본 외할머니와 외할아버지를 어색해 했다. 외할머니가 간식을 내밀어도 아이는 고개를 흔들었고, 외할아버지가 같이 장난감을 사러 가자고 유혹해도 아이는 요지부동이었다. 아이는 나를 보자마자 기다렸다는 듯이 내 옆에 찰싹 붙었다. 계획이 흐트러졌다.

장소만 바뀌었지 친정집에서도 육아를 하게 되었다. 노트북을 켜면 아이는 무엇을 하냐고 자꾸 물었다. 할머니가 아이에게 밥 먹자며 주방으로 부르면, 밥그릇만 들고 내 옆에 앉았다. 그럴 때면 열어둔 노트북을 다시 닫아야 했다.

일주일이 지났다. 원래 루틴대로 아이를 어린이집에 맡겼다. 그리고 곧장 사무실로 달려갔다. 우리는 평소처럼 아침에 흩어졌다가 오후에 다시 만났다.

"오랜만에 어린이집 갔는데 어땠어?"

"친구들이 없었어."

바이러스 확산 방지를 위해 일주일간 휴원을 했음에도, 대부분의 엄마들은 아이를 등원시키지 않았다. 만약을 위해 조금 더 지켜보자는 의미로 자발적으로 가정 보육을 한 것이다. 아이를 맡겨야 일을 할 수 있어서 아이를 어린이집에 보낼 생각만 했지, 코로나19 바이러스의 심각성을 크게 의식하지 못 했다. 월요일에 등원시킬 생각에 전날부터 설레던 나 자신이 부끄러웠다.

평일 오후 4시 30분에 하는 고민

아침 9시에 어린이집 차량이 오면 아이에게 잘 다녀오라고 손을 흔들어 준다. 그리고 바로 사무실로 향한다. 보통 3시에 아이를 데리러 간다. 일을 시작한 뒤부터는 4, 5시에 어린이집으로 향했고, 일이 바쁜 시기에는 6시에 데리러 가기도 했다. 여느 때처럼 6시에 하원 하러 갔는데 아이가 말했다.

"엄마, 오늘은 왜 늦게 왔어? 내일은 아침에 데리러 와."

아이는 친구들 없이 혼자 어린이집에 남아 있어서 속상했다는 말도 덧붙였다. 9시부터 6시. 나는 그 시간 동안 주문건을 확인 후 발주를 하고 고객들의 CS를 처리했다. 중간중간 업체와 미팅을 하면서 원고도 쓰고 컨텐츠도 발행해야 했다. 나에게 9시간은 상당히 촉박했다. 그런데 아이에게는 나와 다르게 긴 시간이었을 수도 있다.

다음날 하던 일을 서둘러 끝내고 3시 30분에 사무실에서 나왔다. 평소 하원하는 시간의 하늘과 달리 환했다. 어린이집에 도착하니 4시. 아이는 방실거리며 나에게 달려왔다.

"엄마랑 오늘 공원 가서 자전거 탈까?"
"응, 좋아!"
"뭐 먹고 싶은 건 없어? 엄마가 다 사줄게."
"음… 초콜릿 과자 먹어도 돼?"
"그럼 되지. 또 다른 건?"

아이가 좋아하는 자전거를 타고 편의점으로 갔다. 편의점으로 가는 내내 아이의 목소리는 격양되어 있었다. 편의점에 도착해서는 시키지도 않은 인사를 밝게 하기도 했다.

"아저씨, 안녕하세요!"

아이는 초코 과자와 주스를 골라 계산대 위에 올렸다. 나는 새벽에 일할 생각으로 고카페인 커피를 집었다. 한창 마트 역할 놀이에 푹 빠져 있던 아이는 자기가 직접 돈을 지불하고, 카드 단말기에 사인을 하겠다고 했다. 날이 날인 만큼 아이를 바라보며 고개를 끄덕였다.

자전거 바구니에 과자와 주스, 고카페인 커피를 가지런히 넣으며 아이가 입을 열었다.

"엄마는 공원 가서 이거 먹어. 나는 과자랑 주스를 먹을게. 내 과자도 하나 줄게!"

아이 목소리에서 행복이 흘러 넘쳤다. 아이와 공원에 도착하자마자 앉을 자리를 찾았다. 햇볕이 적당히 비추면서 그늘이 지는 벤치로 향했다. 평일 오후 4시 30분. 산책하는 동네 주민들과 운동하는 어르신들이 보였다. 하늘은 구름 한 점 없었고, 3월의 나무들은 푸르렀다. 바람은 잔잔하게 피부를 스쳐 지나갔다. 야금야금 초코 과자를 먹는 아이를 바라봤다. 고작 2시간 일찍 아이를 만났을뿐인데, 이렇게 큰 행복을 느낄 수 있다고? 뭐가 그렇게 중요하고 바빴길래? 아이와 함께하는 2시간이 그렇게 어려운 일이었을까?

직장 생활 할 때처럼 퇴근 시간을 만들어서 그때까지만 일하고, 집에서는 아이와 시간을 보내면 되는 간단한 일이 마음처럼 잘 되지 않았다. 어떻게 하는게 맞는걸까.

오늘 일을 당장하지 않아도 세상은 무너지지 않는다

“엄마, 나 목구멍 아파.”

“갑자기? 건조해서 목이 아픈 거 아닐까? 물 마셔보자.”

아이에게 어디가 얼마나 아픈지를 묻기보다 물 한 컵을 먹였다. 나 혼자 코로나가 아닌, 목감기일 것이라고 확정했다. 지난주, 부산에서 강제 가정 보육을 했던 터라 이 상황이 유쾌하게 다가오지 않았다.

새벽 1시, 잠든 아이 옆에서 밀린 일을 하고 있었다. 아이는 뒤척이더니 울기 시작했다. 달래도 소용없었다. 목구멍을 가리키며 목놓아 울었다. 일을 처리하다 말고 아이를 안았다. 결국 뜬눈으로 아이와 아침을 맞이했다. 아이도 걱정이었지만 일도 걱정됐다.

아침 9시가 되자마자 집 앞에 있는 신속 항원 검사소로 향했다. 다행히 줄이 길지 않아 검사를 빨리 받을 수 있었다. 혹시 몰라 나도 함께 검사를 받았다. 15분 뒤 검사 결과는 두 명 모두 음성이었다.

부산을 왔다 갔다 하느라 피곤해서 그런 것이라는 생각에 곧장 이비인후과로 갔다. 약을 처방받고 나서야, 다행이라는 생각과 일을 할 수 있다는 안도가 몰려왔다.

어린이집으로 가는 중에 원장 선생님께 연락이 왔다.

"어머님, 오늘 지한이 등원 안 하나요?"

"안 그래도 가려던 참이었어요. 목이 아프다고 해서 혹시 몰라 검사를 받았는데 결과는 음성 떴습니다. 열은 없어서 이비인후과에 들러서 약 처방만 받았어요. 곧 가겠습니다."

선생님은 선뜻 알겠다는 대답을 하지 않으셨다. 어린이집 사정을 생각하지 못 했다. 아이가 코로나19 잠복기인지, 정말 목감기인지, 상태를 모르기 때문이었다. 혹여나 아이가 코로나 확진이라면 다른 아이들에게도 피해를 주게 되는 꼴이었다. 어린이집으로 가려던 발걸음을 집으로 돌렸다. 아이는 어린이집에 가고 싶다고 칭얼거리기 시작했고, 차 안에서 결국 울음을 터뜨렸다.

"울지마! 엄마도 너 어린이집에 보내고 싶어!"

오늘도 일을 못 한다는 생각에 순간 아이를 다그쳤다. 소리를 지르고 3초 정도 지났을까. 그제야 아이의 서러움이 눈에 보이기 시작했다. 우선 아이를 다독였다.

"엄마가 미안해. 우리 집에 가서 초코 시리얼 먹고 물감 놀이 할까?"

아이를 달래는 동시에 머릿속으로는 일은 언제 할지 시간을 계산했다.
아이는 집에 오자마자 콧물이며 기침이며 모든 걸 쏟아냈다. 아이도 답답하고 괴로운 지 약을 먹고도 곧바로 잠에 들지 않았다. 결국 또 노트북 앞이 아닌, 아이의 앞에 앉았다. 아이는 낮잠도 자지 않고 내 주변을 빙빙 돌았다. 그런 아이를 간호하느라 노트북은 켤 수 없었다. 웃으며 아이를 바라보긴 했지만, 눈꼬리와 입꼬리엔 좀처럼 힘이 잘 들어가지 않았다.

1인 사업가는 혼자 해야 할 일이 많다. 하루에 상품 소싱부터 발주 및 CS처리만 해도 정신이 없었다. 아이가 아프거나, 일해야 하는 시간에 다른 스케줄이 생길 때면 불안했다. 제시간에 일을 다 하지 못할 것 같았다.

아이가 거친 숨을 몰아 쉬며 겨우 잠이 든 새벽 1시. 눈커풀은 무거웠고, 손과 어깨엔 힘이 들어가지 않았다. 두통도 왔지만 일을 멈출 순 없었다. 밀린 일들을 하나하나 해결하다가, 아이가 아픈 사실보다 오늘 해야 할 일을 다 하지 못했다는 사실에 신경질 내는 나 자신을 발견했다.

'아… 지금 내가 뭘 하는 거지? 누구를 위해, 무엇을 얻고자 일을 하고 있는 거지?'

아픈 아이의 몸과 마음을 매만져주고, 나의 하루도 보살필 수 있는 마음의 여유를 갖고 있지 않았다. 완벽하지 않아도 두 가지를 적당히 돌보면, 아이도 나도 행복한 하루를 보낼 수 있을 줄 알았다. 사업을 아이 때문에 시작했다. 일도 물론 중요하지만, 아이는 더 중요하다. 가정 보육을 해야 하는 상황을 탓하며, 내 감정 하나 다스리지 못하고 있는 것이 부끄러웠다.

완벽한 하루가 아닌 편안한 하루를 계획해보기로 했다. 먼저 매일 해오던 일들을 하나씩 적었다. 업무시간에 소통이 필요한 일과 혼자 정리해도 되는 일을 나누고, 오늘 해야 하는 일과 이번 주 안에만 하면 되는 일을 다시 나누었다. 아이와 보내는 하루에 집중하고 틈틈이 일을 하되, 계획대로 되지 않을 수 있음을 늘 생각했다. 그럴 땐 일할 수 있는 시간을 따로 빼두어 갑작스러운 상황에도 마음의 유연성을 잃지 않기로 했다.

아픈 아이보다 더 중요한 일은 없고, 일은 오늘 당장 하지 않아도 세상은 무너지지 않는다.

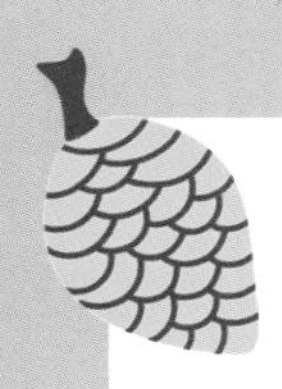

일의 순서를 매기는 법

1. 전날 혹은 아침에 to do list를 적어봅니다.
2. 오늘 꼭 해야 하는 일과 마감기한이 여유로운 일을 분류합니다.
3. 오늘 할 일 중 집중도를 요구하는 업무는 생산성이 높은 시간(혹은 여유로운 시간)에 끝냅니다.
4. 돌발상황을 대비해 하루의 시간을 무리하게 계획하지 않습니다.
5. 소통이 필요한 일은 업무시간이 끝나기 전 오후 시간대를 최대한 활용합니다.
6. 늦은 밤에는 집중력이 흐트러질 수 있으므로 단순 업무 위주로 합니다.

* 단, 개인의 스타일에 맞게 낮에 할 근무, 밤에 할 근무를 나누세요. 저의 루틴이 무조건 정답은 아닙니다!

육퇴는 두 번째 출근

"빨리 준비하고 나가자."

"아직도 안 했어? 빨리 양치하러 화장실로 가자."

"양말은 혼자 신을 수 있지? 빨리 신자."

일찍 일어나도 여유 없는 아침. '빨리'라는 말을 적어도 열 번은 해야 제시간에 아이를 신발장 앞까지 데리고 갈 수 있다. 아이와 싸우지 않고 현관을 나서면 그나마 다행이다. 어린이집 차량이 도착하기 5분 전, 아이가 갑자기 떼를 쓰고 울기 시작했다. 뭐가 마음에 들지 않았는지 아이는 불편한 기색이었다. 버스 시간을 맞추기 위해 우는 아이를 일단 데리고 나갈 수밖에 없었다. 아이의 울음이 그치기도 전에 어린이집 차량이 도착했다. 평소에는 버스 창문 쪽으로 얼굴을 내밀며 손을 흔들어 주는 아이인데, 오늘은 우는 모습만 보여줬다.

"잘 다녀와~ 엄마가 사랑해 알았지? 울지 말고~"

뒤늦게 아이를 달래기 위해 머리 위로 하트를 그리고, 손 뽀뽀를 날리며 혼신을 다했다. 아침 9시 10분. 울음소리와 함께 아이는 버스를 타고 시야에서 멀어져 갔다.

전쟁 같은 등원 시간이 끝나면 제2막이 시작된다.

따뜻한 커피 한잔을 내려서 책상 앞에 앉는 순간, 일과 하나가 된다. 모든 일이 순조롭게 진행되는 날도 있지만 하나부터 열까지 다 꼬여서 해결만 하다가 끝나는 하루도 있었다.

아침에 메모했던 업무 계획표를 보았다. 10개 중 4개만 체크되어 있었다. 오후 시간이 되도록 30%도 진행하지 못했다. 나머지 6개를 다 하기에는 시간이 빠듯했다. 남은 업무 중 상품을 추가 등록하는 일과 월말 정산서를 정리하는 일은 육퇴(육아퇴근) 후에 하기로 하고 서둘러 퇴근 준비를 했다. 퇴근길 라디오를 켜고 운전하는 30분은 사업가에서 엄마로 돌아가기 전 누릴 수 있는 마지막 자유시간이었다.

"엄마, 보고 싶었어."
"엄마도 많이 보고 싶었어~ 오늘 하루 잘 놀았어?"
"모르겠어."

아이는 어린이집에서 친구랑 싸웠는지 뾰로퉁한 표정으로 감정을 쏟아냈다. 엄마의 마음이 세 개라면 얼마나 좋을까? 등원 길에 제대로 달래주지 않고 헤어진 게 하루종일 신경쓰였다. 지금이라도 아이의 마음을 다 받아주고 싶었지만, 마음처럼 쉽지 않았다. 기분이 좋을 땐 아이가 칭얼거려도 웃으며 달래 줄 수 있지만 일에 치여 피곤한 날에는 사소한 감정 하나도 받아주지 못했다. 아이는 집 가는 내내 칭얼거렸다. 하필 그때 고객에게 전화가 왔다. 상품이 잘못 배송되었다는 내용이었다. 아이는 옆에서 누구냐며 계속 물었고, 반응하지 않으니 더 큰 소리를 치며 방해했다. '참자 참자 참자' 낮에 받은 스트레스를 아이에게 전이시키지 말자고 속으로 되뇌였다.

서둘러 저녁 준비를 하고, 설거지하고, 청소기를 돌리면 하루가 다 간 듯 창밖은 어둠이 내려앉아 있다. 시곗바늘이 저녁 8시 30분을 가리키면 마음이 다급해졌다. 아이에게 잘 시간이라고 지금부터 말해야 9시쯤 아이를 눕힐 수 있다. 아이는 불 꺼진 방 안에서 한참을 서 있더니, 체념한 듯 읽을 책을 가져와 옆에 누웠다. 하루의 이야기를 나누며 옷 사이에 손을 넣어 배와 등을 만져주다 보면 아이는 스르르 잠들었다. 아이 옆에서 눈을 감고 아이의 살결을 만지다 보면 피로는 금새 풀렸다.

아이가 완전히 잠든 것을 확인한 뒤 조용히 방문을 닫았다. 다시 나의 하루가 시작되었다. 공유 오피스 갈 때 들고 갔던 가방을 가지고 부엌으로 나왔다. 믹스 커피 한 잔을 후루룩 타서, 식탁 앞에 앉았다.

집으로 두 번째 출근을 했다. 아침에는 등원 시간에 쫓기고, 낮에는 하원 시간에 쫓긴 탓에 늘 마음이 급하고 긴장 상태였다. 어둠이 내려앉은 집에는 숨소리만 간신히 들려왔다. 시간과 사람으로부터 자유로워지는 순간이었다. 편안한 마음으로 일에 몰두하니 낮에 잘 안 풀렸던 일도 금방 해냈다. 좋은 결과가 눈에 보였다. 오후에는 잘 되지도 않던 아이디어 창출도 30분 만에 해결됐다. 시계를 보니 11시 50분이었다. 가방 안에 노트북을 넣고, 식탁 앞에서 일어났다.

하루에 출,퇴근을 몇 번을 해도 좋고 자유가 없어도 괜찮았다. 내가 좋아서 하는 일은 없던 호랑이 기운도 솟아나게 했고, 있던 스트레스도 아드레날린으로 바꿔주었다.

자발적 열의는 힘든 마음보다 희망찬 상상으로 이끌어 주었다.

저는 육퇴 후
시간활용 이렇게 합니다.

- ☐ 아이를 재울 때 옆에 누워 하루의 피곤을 잠시 달랩니다.
- ☐ 1~2시간 눈을 부쳤다 일어납니다.
- ☐ 믹스커피 한잔 타서 책상에 앉습니다.
- ☐ 스탠드를 켜고 잔잔한 음악을 틀어 집중할 수 있는 분위기를 만듭니다.
- ☐ 낮에 하지 못한 일을 마무리하여, 오늘 할 일을 끝내는 성취감을 쌓습니다.
- ☐ 하루를 닫으면서 감사일기를 쓰고 내일 할 일들을 머릿속으로 그려봅니다.
- ☐ 잠들기 전 나의 꿈을 이루는 상상을 합니다.

남편의 육아를 인정하기까지

남편과 연애할 때 출산한 친구 집에 놀러 간 적이 있다. 그때 남편은 다정한 아빠의 표본을 보였다. 아기를 어찌나 잘 돌보던지, 그 모습을 보고 반했다. 남편은 심한 딸바보 혹은 아들바보가 되어 있을 것 같았다. 그 옆에서 되레 질투하는 나의 모습까지 상상했다.

"오빠는 아이 좋아해?"
"그럼 좋아하지!"

아이를 좋아하는 내 마음 크기와 같을 것이라 믿었다. 좋아한다고 했으니 좋아하는 마음을 충분히 표현하고 행동할 거라고 생각했다. 아이에게 자상한 아빠가 될 거라는 확신으로 결혼했고, 우린 4년 만에 아이를 만났다.

출산 후 모성애가 커지면서 남편보다는 아이에게 더 시선을 두었다. 아이가 두 돌이 될 때까지 남편의 육아 참여도는 낮아 보였다. 남편은 아기띠를 두르고 아이를 업는 것을 답답해했고, 아이가 너무 작다고 목욕시키는 일을 무서워했다. 아이를 좋아한다고 했던 것이 다 거짓말 같아 괘씸했다. 아이를 좋아한다던 남편의 말을 '육아도 좋아할 것이다.' 혹은 '부성애가 강할 것이다.'라고 단정 지어 생각한 나의 부족한 융통성 때문에 남편을 오래도록 원망했다.

독박육아와 독점육아를 왔다 갔다 하길 2년. 남의 집 아빠들의 육아 참여도가 궁금해지던 어느 날 친구가 한마디 했다.

"아이가 조금 더 크면 알아서 아빠들이 데리고 놀아~ 남자들은 어린아이의 돌발 상황에 대처하기를 무서워해서 육아를 잘 안 하려고 하는 경향이 있대. 대화가 되는 나이가 되면 부자지간에 유대관계가 더 돈독해지더라고. 기다려봐."

아이는 어느새 3살이 되었다. 주말에 아이와 케이크를 만들지, 자동차 박물관에 갈지 남편과 고민할 때였다. 아이의 생각이 궁금해졌다. 좋고 싫음의 의사 표현을 할 수 있으니 주말에 무엇을 하고 싶은지 선택권을 주고 싶었다. 아빠와 자동차 박물관에 갈지 엄마와 케이크를 만들지 물었다. 아이는 아빠를 선택했다.

주말만 되면 엄마보다 아빠를 따라 나가는 날이 종종 생겼다. 하루는 아이에게 물었다.

"엄마가 왜 좋아?"

"똥을 씻겨주고 밥을 먹여줘서 좋아."

"(엄마는 씻겨주고 먹여주는 사람이구나…) 그럼 아빠는 왜 좋아?"

"아빠는 잘 놀아주고 유튜브도 보여 주잖아. 나랑 달리기 시합도 하고, 물총놀이도 해줘."

이런 대화가 오가면 가끔은 진 것 같은 기분이 들었지만, 사실은 행복했다. 아이가 말을 하기 시작하면서 조금씩 의사소통이 되었고, 그즈음부터 남편은 아이의 삶에 천천히 스며들기 시작했다. 정말 때가 되니 남편은 아이와 좋은 시간을 더 자주 보내려고 노력했다. 주말에는 아이에게 어떤 경험을 시켜줄지

고민하고, 평일에는 퇴근 후에 아이와 책을 읽거나 블록 놀이를 했다. 아이와 단둘이 있으면 한 시간도 불안해하던 남편은 온종일 아이를 데리고 놀아주는 슈퍼맨이 되었다.

지금 생각해보면 남편은 아이를 싫어하지 않는다는 의미로 좋아한다고 말했을 뿐, 육아를 잘한다고 말하지 않았다. 육아를 해본 적이 없었으니 당연한 소리겠지만, 아이를 좋아하는 사람이면 아이를 키우는 과정도 좋아해야 한다는 생각은 나의 입장에 불과했다. 아이가 언제 배가 고픈지, 어떤 걸 먹고 싶어 하는지, 떼를 쓰고 우는 이유가 졸려서인지 척하면 척. 아이의 마음은 엄마인 내가 제일 잘 안다고 생각했다. 모성애가 컸던 나의 기준에서 남편의 육아는 한없이 부족해 보였다.

한 정신과 의사가 최근에 이런 말을 했다. '종족 번식은 인간의 본능이나, 모성애나 부성애는 본능이 아니다.' 이 말을 듣고 나서야 내 생각이 집착이었음을 알았다. 아이를 좋아하지만, 부성애는 없을 수 있다. 반대로 아이를 좋아하지 않지만, 모성애가 강한 사람도 있다.

엄마만큼 하지 못하는 아빠의 육아가 못마땅해 다그치기도 했지만, 아이가 커갈수록 남편의 육아 범위는 넓어졌다. 엄마와는 다른 시선에서 아이를 헤아리고 살피는 남편의 육아 방식을 인정했다.

아빠가 잘하는 육아와 엄마가 잘하는 육아는 공존한다. 엄마,아빠가 각자의 육아 강점을 살려 함께 사랑을 주면 아이는 균형 잡힌 안정감을 느낄 수 있다. 아빠의 육아 시간이 지금처럼 거꾸로 가길 바란다. 앞으로 살아갈 아이의 인생에서 중요한 시기가 올 때마다 아빠의 육아가 빛을 발할 것이라고 믿는다.

나 자신을 잘 다스리는 법

---

1. 거울에 비친 나의 얼굴을 보며 안부를 물었어요. 하루에 열 번, 스무 번 사랑한다고, 잘하고 있다고 말해주세요.
2. 자신에게 최면을 거세요. 세상에 완벽한 사람은 없어요. 스스로에게 "넌 완벽하지 않아."라고 주문을 걸어요. 사람은 완벽해지려고 하는 순간, 어느 것에도 만족하기 어려워집니다. 욕심만 점점 늘어나요.
3. 칭찬을 아끼지 마세요. 잘했다면, 뿌듯하다면, 해냈다면 아낌없이 칭찬해 주세요. 나에게 칭찬해 주는 것이 민망하면, 주변을 먼저 칭찬해 보세요. 칭찬하는 습관은 나를 다스릴 수 있는 간편한 방법 중 하나입니다.
4. 내가 틀린 것이 아니라, 상대방과 다를 뿐이라고 생각하세요. 타인의 행동과 말에도 다 이유가 있다고 생각하며 성찰하는 시간을 가졌어요.

경제권 분리가 필요한 이유

경제권을 누가 갖느냐가 꽤 불편한 심리전이라는 걸 결혼 전에는 알지 못했다.

신혼 초 남편과 생활비 지출을 어떻게 할 것인지를 두고 의논했다. 급여에서 일정 금액을 공동 생활비 통장에 넣고 각자의 급여를 관리할 것인지, 둘의 급여 전부를 한 통장으로 이체한 후 생활비 지출을 할 것인지 선택해야 했다. 남편은 어느 쪽이든 좋다고 했다. 당시 나의 급여는 남편의 1/2 수준이었다. 나에게 필라테스 6개월 이용권을 무심하게 끊어주는 남편과 달리 소고기 먹고 싶다는 남편 말에 마트에서 1,000원 더 저렴한 수입산 고기를 고르고 있는 나였다. 초라한 나의 급여가 마음에 쓰였고, 자존심은 꿈틀거렸다.

남편 명의의 통장과 신용카드 그리고 공인인증 비밀번호를 받았다. 남편의 급여와 합치면 네 돈 내 돈 할 것 없었다. 당시에는 같이 벌어 같이 쓰고 같이 모으는 게 좋겠다고 생각했다. 남편은 내가 급여를 합친 통장을 관리하길 바랐다. 각자의 급여 날이 되면 하나의 통장에 돈이 들어왔다. 통장에 이렇게 큰 숫자가 적힌 것을 보는 건 처음이었다. 큰돈이 생겼다는 걸 체감하기도 전에 각종 고정비용과 생활비, 카드값이 우르르 빠져나갔다. 남는 건 아슬아슬한 잔액뿐이었다.

통장을 관리하는 사람으로서 급여날은 되레 반갑지 않았다. 급여가 들어오고 고정비용이 나가고 남은 금액으로 한 달을 살아야 했다. 늘 얼마나 남았는지 떨리는 마음으로 잔액을 확인했다. 카드 잔여 한도와 통장 잔액을 보면서 관리하라는 의도로, 남편은 카드사용 알림 문자를 나의 핸드폰에 연결했다. '내가 지출하는 크고 작은 내역들을 남편이 모르겠구나.' 안도감은 그리 오래가지 못했다. 남편의 배려는 오히려 독이 되었다. 문자 알림이 스트레스로 다가오기 시작했다. 남편이 언제 어디서 무엇을 결제했는지 실시간으로 아는 것이 문제였다.

"아니 무슨 커피값에 34,000원이나 쓰는 거야!"

내가 먹는 커피 한 잔은 합리적이고, 남편이 직원들에게 사는 커피는 과소비처럼 느껴졌다. 남편이 커피나 밥을 먹을 시간이면 늘 휴대폰을 보면서 가슴을 졸였고, 어쩌다 편의점에서 결제한 4,500원을 보면 '담배 태우러 갔구나!' 했다. 남편의 일상이 한눈에 그려졌다. '오늘은 점심을 간단하게 먹었네?' '이건 뭘 산 거야?' 이번 달에 사용할 수 있는 생활비가 얼마 남았는지 알고 있는 상태에서 남편의 카드사용 알림 문자은 고통스러웠다.

하루에도 몇 번씩 가용잔액을 계산하느라 머리에 쥐까지 났다. 그렇다고 남편에게 카드 사용을 줄이라고 잔소리할 순 없었다. 평소 취미생활에 돈을 쓰거나 술을 마시거나 사치하지 않아서, 남편의 지출에 제동을 걸 명분이 없었다. 용돈 받아 쓰는 사람 입장에서는 많이 받아도 늘 부족하게 느껴진다는 걸 알기에, 자린고비처럼 아껴 쓰라고 강요할 수 없었다.

내가 다 번 돈도 아니고, 거의 남편 급여로 남편에게 용돈을 주는 상황에서 생활비가 마이너스라도 나면 나도 모르게 눈치를 봤다. 뭐 하나 사려고 해도 늘 싼 것만 찾고, 먹고 싶은 거 앞에서도 다시 생각해보는 자신이 싫었다. 부족한 급여도 아닌데, 생활은 늘 빠듯했다. 재테크의 '재' 자도, 경제 관념도 모르는 내 탓 같았다. 남편 급여 날만 되면 스트레스는 극에 달했다.

사업을 시작한 지 8개월쯤 접어들었을 때 남편의 공인인증서를 삭제했다. 남편의 수입과 지출을 더 이상 보지 않아도 괜찮았다. 하고 있던 온라인 사업이 자리 잡기 시작하면서 업체로부터 정산받고, 생활에 보탬이 될 만큼 여윳돈이 생겼다. 각자의 수입을 관리하고 상대방의 통장을 들여다보지 않아도 될 만큼 마음의 불안감이 줄어들었다.

남편은 내게 일정 생활비를 이체해주기로 했다. 나는 신혼 초 가계부를 관리할 때 매달 이체해야 하는 시기를 놓쳐 연체되지 않아도 될 돈을 연체시킨 이력이 상당했다. 남편에게 들었던 잔소리와 생활비가 마이너스 나면 안 된다는 압박감에서 벗어나 매달 생활비를 받아서 쓰니 이렇게 편하고 좋을 줄이야. 용돈을 받는 것 같아 이제는 남편의 급여 날이 기다려지기 시작했다.

그렇다고 남편에게 받기만 하지 않는다. 나도 남편에게 용돈을 쓰라고 넉넉히 돈을 주기도 하고, 여행경비도 따로 지출한다. 서로가 열심히 일해서 벌어들인 수입을 상대에게 주고 싶을 때 줄 수 있는 마음을 실현했다. 나는 매출 상황에 따라 얼마씩 공통 저축 통장에 이체하며 남편과 돈을 모으기 시작했다.

신혼 초부터 원하던 경제권 분리를 결혼 8년 만에 이루었다. 여자가 경제적 능력이 없으면 무시당하고, 큰소리 한번 못 치고, 기죽어 산다는 생각으로 자신을 옭아맸다. 사실 그런 못난 생각들이 경제권 분리를 하고 말겠다는 강한 의지를 갖게 했는지도 모르겠다. 나약하고 열등감에 쌓여있던 나를 깨부수고 상상했던 삶에 한 발자국 다가선 경험은 무엇이든지 할 수 있다는 자신감을 느끼게 했다. 나는 무능력하지 않았다. 나는 할 수 있었다. 원하면 이룰 수 있는 사람이었다.

나에 대한 믿음 키우기

믿는 일에도 연습이 필요합니다. 대부분의 사람들이 미래가 밝을 것이라는 믿음은 허황되다고 말합니다. 그렇다면 반대로 미래는 어두울 것이라고 믿어야 할까요? 미래는 알 수 없습니다. 삶은 우리에게 늘 믿음을 강요합니다. '더 나아질 수 있다.' 아니면 '지금 같은 삶을 살거나 더 나빠진다.' 미래에 대한 믿음이 허황되다면, 지금 상태가 유지되거나 나빠진다는 것도 허황된 믿음 아닐까요? 둘 중 하나를 선택해야 한다면, 저는 기꺼이 밝은 미래에 대한 믿음을 선택할 겁니다.

나 이외에 누가 자신을 믿어줄까요? 자신을 끊임없이 믿으세요. 삶에 대한 태도도 긍정적으로 바뀌고, 전보다 더 많이 움직일 수 있습니다. 지금부터 하루에 하나씩 자신에 대한 믿음을 쌓아가세요.

가족이 나를 '박 대표'라고 부른다

아이와 단둘이 주말 나들이를 하고 온 남편에게 낮에 찍은 사진을 보여달라고 했다. 주머니 속에 핸드폰이 없는지 남편이 자리에서 일어났다. 아무리 찾아도 보이지 않아, 나는 남편에게 전화를 걸었다. 벨 소리가 들리는 곳으로 갔다. 남편의 핸드폰 화면에는 '박 대표'라고 크게 적혀 있었다.

"여기 있네. 어? 나 박 대표라고 저장했어?"
"응, 이번 달 내 월급보다 더 많이 벌었잖아."

결혼 전, 일에 자부심을 가지고 밤낮으로 일하는 모습에 반해 고백했다는 남편의 말이 듣기 좋았으면서도 항상 손사래를 쳤다. 나라서가 아니라 디자이너들은 원래 다 멋있는거라고 하며 웃어 넘겼다.

결혼과 출산을 하며 자연스럽게 직업을 그만뒀다. 아이의 엄마가 되는게 더 좋다고 늘 말하고 다녔지만, 디자이너로 살던 삶이 가끔 생각나긴 했다. 남편은 무슨 일이라도 좋으니 하고 싶은 일을 해보라고 했다.

사업을 시작한 이후 희열을 느끼는 내 모습을 볼 때마다 함께 기뻐하던 사람이었다. 나의 눈이 빛나는 걸 본 순간 인정하지 않을 수 없었다고, 예전의 나를 되찾은 거 같아 좋다고 말하는 남편을 보며 생각했다. '예전의 내 모습을 되찾고 싶은 건 나뿐만이 아니었구나. 엄마이기 전의 나를 기억해주는 또 한사람이 있구나.'

핸드폰에 '박대표'라고 저장한 것을 알게 된 뒤로, 남편은 자주 그 단어를 꺼내 썼다.

"박 대표, 이리 와서 좀 도와줘."

"박 대표, 오늘 저녁은 외식 어때?"

"박 대표, 주말에 지한이랑 공원 갈까? 박대표는 바쁘려나? 내가 지한이 데리고 다녀올까?"

아이는 부모의 거울이라더니, 남편이 저렇게 말할 때마다 아이도 옆에서 "박대표~" 라고 한 마디 더 거들었다. 무슨 뜻인지도 모르면서 아빠의 말을 따라 하는 아이를 바라보며 남편이 말했다.

"엄마가 하는 일이 있는데 잘했다고 주변에서 칭찬했어! 앞으로도 회사를 대표하는 멋진 사람이 되라고 박 대표라고 부르는 거야."

남편도 아이도 삶을 살아가는 또 다른 나의 존재를 인정해주었다. 물질적인 성공이 아닌 마음의 풍요로움을 느꼈다. '가족'이라는 울타리 안에서 불리우던 호칭 안에 '박 대표'가 추가되니 묵직한 책임감이 더해졌다. 가족이 나를 멋있다고 치켜세우는 말을 해도 이젠 손사래 치지 않는다. 엄마, 아내, 박 대표 모두 나의 얼굴이자 꿈이다.

균형이라고 믿었는데 틈이 생겼다

짜장면도 먹고 싶고 짬뽕도 먹고 싶은 날엔 고민하지 않고 짬짜면을 주문했다. 두 가지를 같이 먹는 것은 한 가지만 먹을 때보다 기쁨이 두 배가 된다. 짬짜면 그릇을 최초로 발명한 故 김정환 님께 뜬금없지만 심심한 감사의 말을 전하고 싶었다. 그는 중국집 사장님도 아니었고, 그릇을 제조하는 사람도 아니었다. 그저 순수하게 중국 음식을 사랑하던 연극배우였다. 짜장면과 짬뽕을 둘 다 먹고 싶다는 생각을 하다가, 바닥에 동그라미를 그리고 반으로 나누어 '짬짜면 그릇'을 만들게 되었다는 사실을 듣고 놀랐다.

철학가 아리스토텔레스는《니코마코스 윤리학》에서 생각할 수 있는 가장 완전한 상태인 '이상(理想)'에 대해 더 이상 넣거나 뺄 것이 없는 걸작품에서 발견할 수 있다고 주장했다. 그의 말에 따르면 걸작품은 완전하게 균형이 잡힌 이상적인 상태라서, 조금이라도 더하거나 빠지는 요소가 있으면 작품의 질이 떨어진다고 보았다. 인간의 삶도 작품처럼 완전한 이상적인 상태로 균형을 이룰 수 있을까? 짬짜면의 비율이 완전한 균형을 이룰 수 있을까? 군만두를 더하지 않아도 이상적인 균형을 이룰 수 있을까? 일과 육아의 균형을 이룰 수 있을까?

균형 잡힌 삶은 각자의 역할에 욕심도 후회도 없이 매일 만족하는 하루를 보내는 상태가 아닐까. 오늘 만족했어도 내일 만족하지 못 할 수도 있겠지만, 그건 마음먹기 나름이라고 생각했다. 일은 있다가도 없어지고, 없다가도 생기며, 좋은 일과 나쁜 일은 번갈아가며 생긴다. 어떤 일이 발생할지 모른다. 하지만 마음은 다르다. 일과 달리 마음은 의지만 확실하면 움직여 볼 수 있다. 균형은 맞춰 갈 수 있다고, 각자의 의지에 달렸다고 믿었다.

그런 의식적 믿음과 달리 엄마, 아내의 역할에 사업가, 작가의 역할을 추가할 때마다 걱정이 앞섰다. '잘할 수 있을까.' 하는 걱정으로 가득했지만, 균형을 잡을 수 있을 것 같다는 '믿음'

하나로 시작했다. 아침에 남편 출근 준비와 동시에 간단한 집안일을 하고 아이를 등원시켰다. 오후에는 집으로 돌아온 아이를 놀아주고, 저녁에는 가족들과 밥을 먹고 설거지를 한 후에 잠을 자면 됐다. 온라인 사업은 아이가 등원한 시간에 잠깐 하고, 아이가 잠든 밤에 또 하면 되는 일이었다. 하루에 8시간 자던 잠을 5시간으로 줄이면 아무 문제 될 게 없었다. 이렇게만 시간을 분배한다면 균형을 잡을 수 있다고 생각했다.

사람의 욕심은 끝도 없다는 말을 이때 알았다. 일을 하다 보니 욕심이 생기고, 한 가지 일이 두 가지 일이 되고, 세 가지 일로 늘어났다. 하고 싶은 일의 가짓수가 늘어나는 게 문제가 아니었다. 일에 매진해야 하는 시점이 왔을 때, 균형이라고 믿었던 '믿음'에 틈이 생기기 시작했다. 온라인 사업을 하기 전에는 아이 간식값을 벌기 위한 용돈벌이로 시작했지만, 하다 보니 일에 욕심이 났고 성장 욕구가 생겼다. 사업을 성장시키기 위해 모든 일을 진지하게 대했다. 상품 하나를 찾더라도 최고의 상품을 찾기 위해 눈품, 발품을 팔아야했다. 합리적인 가격으로 제안할 수 있게 여러 조건을 비교해야 하며, 많은 이들에게 제공하기 위해서는 이보다 더 많은 것을 연구해야 했다. 아이가 어린이집 갔을 때 잠깐, 아이가 잠들었을 때 잠깐, 하기에는 턱없이 부족했다. 머리는 계속 일과 관계되는 모든 것들을 시뮬레이션하고 있었다. 아이를 쳐다볼 때도, 빨래를 갤 때도, 남편과 이야기할 때도.

시간의 분배로 균형을 맞출 수 있다고 생각했던 계획은 갈수록 더 어긋났다. 일단 남편의 저녁 메뉴가 간소화되었다. 된장찌개를 끓이기 위해 마트에 가서 장을 보고, 집으로 돌아와 밥을 짓고, 설거지하는 시간은 낮에 처리하지 못한 일을 하는 시간으로 바뀌었다. 된장찌개는 간편 도시락 또는 배달 음식으로 대체되었다. 아이와 미술 놀이를 하기 위해 재료를 구매하고, 놀이 방법을 고민하던 시간은 앞으로 진행해야 할 일에 대해 고민하는 시간으로 바뀌었다. 아이에게 물감 대신 리모컨이나 핸드폰을 내어주는 날이 많아졌다. 잠들기 전 아이에게 책을 읽어 주던 시간은 하루의 피곤을 잠시 달래주는 시간으로 바뀌었다. 수십 권의 책도 하이톤으로 읽어주었는데, 어느 순간부터 지루한 인문 도서를 보는 것처럼 읽었다.

남편과 아이는 점점 줄어드는 관심에 각자의 방식대로 감정을 분출했다.

"이럴 거면 내가 세탁 서비스 업체에 옷을 맡기고 장도 내가 볼게! 적어도 셔츠는 입고 나갈 수 있게 해줘야 할 거 아냐."

옷장에 남편의 와이셔츠가 없는 일이 잦았고, 매일 먹는 달걀은 떨어진 줄도 모른 채 지나가기 일쑤였다. 아이는 잘 먹던 반찬에도 밥투정하고, 괜한 생떼를 부리며 하루가 멀다 하고 울어댔다. 아이를 달래다 보면 퇴근하고 온 남편은 뒷전이 되곤 했다. 하루는 남편이 무표정으로 말했다.

"너의 눈빛에 내가 없는 것 같아."

죄책감 갖지 말고 일하세요

스스로 균형이라고 믿었던 삶의 루틴이 무너졌다는 걸 인지했을 때, 가족은 이미 많이 힘들어하고 있었다. 누가 등 떠밀어서 한 일도 아니고, 내가 하고 싶어서 시작한 일이었다. 엄마, 아내, 사업가, 작가라는 역할 모두 놓치고 싶지 않은 것도, 모두 나의 욕심이었기에 제대로 제 역할을 못 하는 건 내 탓이었다.

일에 매진할수록 잘하고 있는 건지, 무엇을 위해 이렇게 달려가는지 되물었다. 내가 살아야 아이도 살릴 수 있다는 생각에서 시작한 일들인데, 지금 이 상황은 진정 아이를 위하는 일인가? 아이와 함께 보내는 시간을 줄이고, 아이의 감정을 받아주지 못하고, 아이의 목소리에 귀를 기울이지 않는데 이 모든

게 무슨 소용이란 말인가.

자괴감에 빠졌다. '짬짜면 같은 소리 하고 있네. 균형은 무슨….' 워킹맘은 일을 하더라도 집 안과 밖의 균형을 잡으며 해야 한다는 강박에 빠져있다. 나의 무의식에 어떤 소리와 이야기가 스몄길래 모든 역할을 잘 해내야 한다는 압박을 받고 있었던 걸까. 한동안 마음이 무거웠다.

어느 날 한 사람의 말을 듣고 한순간에 죄의식에서 벗어날 수 있었다.

일하는 여성들의 성장 플랫폼 '헤이조이스'에서 주최했던 콘조이스 썸머파티에 참석했다. LG그룹 최초 여성 임원으로 역임했던 윤여순 여사의 연사를 듣게 되었다. 그녀는 아이를 키우면서 일하는 모든 엄마에게 하고 싶은 말이 있다고 했다.

"죄책감 갖지 말고 일하세요."

짧은 한마디에 청중들은 환호했다. 순간 눈물이 핑 돌고 온몸에 전율이 퍼졌다. 나의 무의식 속 어딘가에 웅크리고 있었던 말을 그녀가 대신 해주었기 때문이었을까. 그녀는 이어서 말했다.

"내가 아이에게 사랑을 듬뿍 주고 있다는 믿음으로 열심히 사는 모습이 산 교육이에요. 부모가 바빠서 잘 못 돌볼 때 아이에게 자유도 생기고 독립심도 생기는 거예요."

그녀는 일하는 여성에 대한 관점을 달리 봄으로써 생각의 방향을 틀었다. 엄마가 바빠서 아이의 교육에 소홀해지면 아이에게 결핍이 생길 거라는 흔한 생각과 달리 긍정적인 측면을 먼저 이야기했다.

그날 이후 스스로 규정한 균형에 대한 정의를 다시 세웠다. 균형의 기준을 '시간'이 아닌 '시점'으로 바꿨다. 하루의 균형에 집착하지 않고 삶의 전체적인 조화에 집중하기로 했다. 변함없는 본질은 가족을 위해 더 나은 내가 되고자 성장하는 일이다. 그리고 가족을 사랑하는 마음은 변함없다는 점이다. 어느 한 가지에 소홀했다고 해서 마냥 자책하지 않기로 했다. 일에 몰입하고, 아이를 사랑하고, 남편을 존중하는 나의 에너지가 몇 퍼센트이던 유연하게 받아들이기로 했다. 어느 날은 차고 넘쳐도, 어느 날은 메말라도 신경 쓰지 않기로 했다.

일하는 엄마에게 균형이란 일하면서, 아이의 교육과 놀이에 열성적이고, 아침저녁으로 남편을 위해 요리하고, 가계부를 쓰며, 빨래와 청소 등 살림까지 매일 척척 해내는 슈퍼우먼이 아니다. 짬짜면 그릇에 에너지를 균등하게 분산하고 정량화할 수 있는 신도 아니다. 하루가 한 달이 되고, 한 달이 1년이 되었을 때 나의 삶이 조금이라도 윤택해졌다면, 스스로가 성장했다면 균형을 맞추었다고 할 수 있지 않겠는가. 사업하는 엄마에게 육아와 일은 애초에 분리할 수 없으니까.

육아와 일을 '잘'한다는 의미

폼나는 디자이너가 되기 위해 모든 것을 갈아 넣었던 20대. 직장 상사가 지시한 일을 제한 시간 안에 끝내기 위해 열심히 일했다. 야근은 자발적으로 했고 주말 출근도 마다하지 않았다. 특출난 능력을 지니진 않았지만, 그들이 필요로 할 때, 불사조처럼 일하는 것만으로도 일 잘한다는 소리를 들을 수 있었다.

아이가 걸음마를 시작한 이후 밖으로 나가 산책할 때 행인들은 수군덕댔다. 아이가 웃으면서 인사라도 하면 예쁘다는 소리와 함께 '엄마가 애를 인사성 좋게 잘 키우네.'라고 한마디씩 했다. 식당에서 떼쓰지 않고 얌전히 식사하는 아이를 보면 서 "저 집 밥상머리 교육 한번 잘하네." 라고 작게 말하는 소리를 듣고 미소를 머금기도 했다. 게다가 발달 시기보다 조금 빠른 학습 능력을 한 가지라도 가지고 있으면 보험을 들어놓은 것 마냥 마음이 편해졌다. 엄마가 아이 교육을 잘해서 그런 거라고 말하는 사람들의 말에 맞장구를 쳤다.

일을 잘한다는 소리도 아이를 잘 키운다는 소리도 타인의 기준에서 시작되었다. 그들의 인정이 나를 일잘러(일을 잘하는 사람을 일컫는 말), 육잘러(육아를 잘하는 사람을 일컫는 말)로 만들어 주었다. 나의 일, 나의 아이지만 타인의 시선에 의해 '잘'이라는 평가받고 있었다.

하고 싶은 일도 해보고 싶은 일도 많았고 어느 것 하나 소홀히 하고 싶지 않은 마음이 컸다. 욕심이 많은 건 나를 움직이게 하는 이유가 되어서 좋았지만, 한편으로는 부담감을 주어 자책하는 날도 많았다. '육아에만 집중해도 좋은 엄마가 될 수 있을까?'에 대해 끊임없이 고민했다. 일과 육아를 다 잘하기란 쉽지 않을거라는 예상은 했다. 그러나 처음이 주는 장점은 잘 모르기 때문에 무식하게 용감할 수 있었다. 일도 육아도 잘할 수 있다는 확신으로 자신을 과대평가하며 일단 뛰어들었다.

사업을 하면서 직장생활과는 전혀 다른 패턴의 하루를 시작하고 닫았다. 정해진 시간표대로 움직일 수 없었고 늘 변수가 따라다녔다. 일을 넘치게 해야 하는 날도 있었고, 당장 결과가 눈에 보이지 않는 날도 있었다. 매월 같은 금액의 월급을 받을 때와는 달리 매달 달라지는 매출은 성적표 같이 느껴졌다.

'잘하고 있는 걸까?'

일에 치이는 날이면 아이는 뒷전이 되기도 했다.

'하루쯤 괜찮겠지.'

라는 생각으로 아이와 놀아주는 시간이 줄어들기도 했고 신경을 덜 쓰는 날도 있었다. 아이의 성장 발달 속도에 맞춰 좋은 곳에 데려가고, 많은 것을 보여주는 대신 작은 모니터 속 세상으로 아이를 안내했다.

'잘 키우고 있는 걸까?'

일도 육아도 잘할 수 있다고 큰소리쳤지만 일에 빠져들수록 어느 것에도 만족하지 못 했다. 욕심이었을까? 하나만 잘해야 하는 걸까? 어떻게 하면 둘 다 잘할 수 있을까?

어느 밤 아이를 재우려고 같이 누웠다가 갑자기 해야 할 일이 생각났다. 아이에게 혼자 잠드는 연습을 해보자고 말한 뒤, 침대에서 내려왔다. 알겠다며 씩씩하게 혼자 잠을 청하는 아이를 뒤로하고 책상에 앉았다. 몇 분이 지났을까? 그새 꿈나라로 갔는지 아이의 숨소리만 들렸다. 잠들었구나. 안도하던 그 순간 아이가 일어났다.

"엄마. 내가 엄마를 더 사랑해. 엄마가 없으면 안 돼."
"갑자기? 엄마가 더 사랑해. 걱정하지 말고 자~. 알았지?"
"응. 엄마도 빨리 일하고 내 옆에 와서 자."

아이는 엄마가 자신을 지켜줄 것이라고 굳게 믿었다. 아이에게 필요한 사람은 나였다. 아이의 옆에 있어 주는 게 엄마의 역할을 잘하고 있는 거라고 말해주는 듯했다.

'그래도 내가 아이를 잘 키우고 있구나. 그래! 일도 잘하고 있어. 씨앗을 뿌리는 마음으로 매일 조금씩 나의 속도에 맞춰서 일하고 있잖아. 일도 육아도 지치지 않고 오늘처럼 진심으로 사랑과 열정을 주면 되는 거야. 잘하는 건 결국 나의 마음이 변하지 않는 거야.'

나는 일을 잘해요. 아이도 잘 키우고 있어요.
둘 다 잘하고 있으니 걱정하지 마요.

자존감 올라가는 마인드 세팅

스스로 기특하다고 느끼지는 횟수가 잦아질수록 자존감은 올라갑니다. 아무도 알아주지 않아도 괜찮습니다. 스스로 나를 인정할 수 있는 일들을 하나씩 성취해 나갑니다.
상대방을 도와주는 기버(Giver) 마인드를 장착합니다. 주변에게, 세상에게 도움이 되는 사람이 되도록 합니다. 늘 다정하고 따뜻하게 말하려고 노력합니다. 언어의 성장은 나를 성장시킬 수 있는 방법 중 하나입니다.
본인이 듣고 싶은 말도 자주 해주세요. 나를 믿어주는 첫 번째 사람은 바로 '자신'입니다.

나를 응원하는 사람

일을 시작한 뒤부터 일상이었던 아이와의 미술 놀이가 특별한 일이 되었다. 집에서 아이와 보내는 시간이 전보다 줄어들다 보니, 시간은 항상 부족했다. 아이가 좋아하는 미술 놀이를 매일 함께하고 싶다는 열망은 커져만 갔다.

새로운 일을 하고 싶어졌다. 하고 있던 일의 흥망성쇠가 결정된 것도 아니었다. 온라인 쇼핑몰을 시작하기 전부터 가지고 있던 꿈이 있었다. 아이와 그림을 그리고, 그림책을 보며 이야기 하는 공간을 따로 마련하는 것이다. 엄마들과 아이들이 함께 모여 그림에 대해 이야기하고 공감하는 장을 만들고 싶다는 꿈이 현실 사이로 불쑥불쑥 들어오고 있었다. 이 고민을 남편에게 이야기했다.

“좋은데? 나는 네가 쇼핑몰하는 것보다 이 사업을 하는 게 더 좋을 거 같아.”

그냥 던진 말이었는데, 남편은 당장 사무실부터 알아보라고 말했다. 남편은 내가 무슨 일을 한다고 하든 늘 좋다고, 잘해보라고 말해주는 사람이었다. 뒤늦은 나이에 대학원 공부를 하고 싶다고 했을 때도, 10년간 했던 디자이너를 다신 하지 않겠다고 했을 때도, 뜬금없이 선생님이 되고 싶다고 했을 때도, 사업을 하고 싶다고 했을 때도 늘 “그래.”라고 대답했다. 변함없이 응원해 주는 모습에 고마움을 느끼던 찰나 한 가지 궁금한 게 떠올랐다.

“그런데 왜 쇼핑몰보다 이게 좋을 거 같아?”

“밤늦게까지 일한다고 잠도 못 자고 고군분투하는 게 보기 안쓰러워서 그러지.”

나도 남편에게 어깨를 내어줄 수 있을 만큼 단단하고, 믿음직스러워 보이고 싶었다. 남편의 한 마디가 고마우면서도, 동시에 나약하지 않다는 걸 증명하고 싶은 반항이 혼재되어 있었다.

남자가 마흔이 넘으면 인생의 고뇌도 깊어지고, 처자식을 먹여 살려야 한다는 부담감도 짙어진다고 했다. 하루는 남편이 회사를 그만두는 것에 대해 심각하게 고민할 때가 있었다. 남편에게도 꿈이 있었다. 박사과정을 밟으며 일과 학업을 병행하고 싶어 했다. 남편의 커리어에 도움되는 일이라 "꿈을 좇아!"라고 말해주고 싶었지만 그럴 수 없었다. 박사 과정에 들어가면 생명줄과도 같은 남편의 급여가 실타래처럼 가늘어질 것만 같았다. 당시 남편의 급여는 곧 우리 가족의 생명줄이었다. 덜컥 합격해버릴까봐 입학원서도 넣지 못 하겠다는 남편의 말에 가슴이 아팠다. 남편은 억지로 자신의 꿈을 짓누르고 있었다. 재정적으로든, 심리적으로든 가장의 무게감을 덜어주고 싶었다. 남편이 나의 꿈을 같이 그려줬던 것처럼, 남편과 아이가 꿈을 꿀 때 함께 그려줄 수 있는 아내이자 엄마가 되고 싶었다.

얼마 전 남편에게 꿈을 포기하지 말라고 했다. 당장 꿈을 실현하지는 못 해도, 포기하지 않으면 반드시 꿈꾸던 모습이 현실이 되어 있는 날을 마주할 거라고 했다. 나는 실제로 경험해봤기에 남편에게 더 당당하게 말 할 수 있었다. 나도 자극을 받았다. 남편이 돈 걱정없이 꿈을 좇을 수 있도록, 내가 한 단계 성장해야 한다고 마음먹었다.

지금도 한 걸음 앞에서 남편의 손을 잡아 주고, 때론 기댈 수 있는 어깨를 내어 줄 수 있을 만큼 단단한 사람이 되고자 한다. 괜히 박 대표가 아니라는 걸 보여주기 위해 꾸준히 성장하는 삶을 살아낼 것이다.

내가 믿는 사람

사업을 시작하고 시간이 지날수록 새로운 세계가 펼쳐졌다. 몰랐던 세계를 마주할 때마다 모든 것이 신기했다. '로마에 가면 로마법을 따르라'고 하듯 새로운 세계에서 살아남으려면 과거의 '나'가 아닌 새로운 '나'가 되어야 했다. 몸에 밴 성격, 말투, 습관, 사고방식으로는 잠재된 능력을 발휘할 수 없을 것 같았다. 새로운 내가 되기 위해 자아를 재정비하는 시간이 필요했다.

육아서만 읽다가 자기계발서를 읽기 시작했다. 자기계발서는 성공의 열쇠를 가질 수 있는 여러 가지 방법들을 이야기했다. 열쇠를 거머쥐어도 문을 열고 들어가지 못 하면 도루묵이다. 열쇠를 갖기 위한 과정도 문을 여는 방법도 결국 각자의 몫이겠지만. 어떤 책에서는 10가지를 말해주고, 어떤 책에서는 5가지를 이야기하지만, 결국 하나의 방향으로 귀결된다. 이루고자 하는 목표가 뚜렷해야 한다. 성공한 사람들은 한계를 규정하지 않았다. 원하는 바를 다 실현할 수 있다는 달콤한 말에 의심이 없었던 건 아니었지만, 밑져야 본전이니 일단 믿어보기로 했다. 그렇게 보기 시작한 유튜브에는 많은 사람의 성장 이야기, 성공 습관 관련 영상을 담고 있었다. 매일 보고 들으며 용기를 얻었다. 이어서 책을 읽기 시작했고, 글을 써 내려갔다.

처음에는 습관을 만들고, 성취감을 느끼는 것에 집중했다. 의지가 약해질 때면 의도적으로 커뮤니티에 가입했다. 매일 행동하고 인증하며 서로의 성장 흔적을 격려해주는 곳에서 동질감과 성취감을 느끼려고 애썼다. 새벽 기상 커뮤니티, 한 달 블로그 포스팅 커뮤니티, 블로그 및 독서 모임 커뮤니티 이외에도 무료, 유료 가리지 않았다. 배울 수 있는 곳이면 어디든 들어갔다. 이상적인 나의 모습을 그리며 의식적으로 습관을 만들었다. 포기하지만 않으면 분명 무의식 속에서 습관이 베어 나올 거라고 믿었다.

부모님의 '널 믿는다'는 말은 공허한 마음을 든든하게 채워줬다. 기대와 압박으로 다가오기보다 사랑과 관심을 받고 있다는 느낌이 들었다. 듣기 좋았던 말을 자신에게도 해줬다면 어땠을까. 어릴 적 부모님으로부터 많이 들었던 말이었건만 정작 나에게는 자주 해주지 못했다. 성공이라는 정답없고 길고 긴 여정을 시작한 이후, 조력자가 때론 경쟁자가 되기도 하는 냉정한 현실에 마주하기도 했다. 외롭고 힘든 어느 날 내 앞에 있는 사람, 옆에 있는 사람 그리고 뒤에 있는 사람과 마주했다. 바로 나였다.

"난 널 믿어."

날 믿는다는 말은 살 수 있다는 말처럼 들렸다. 스스로를 믿고 할 수 있다고 말하자 내가 마음에 그려본 이상적인 모습만큼 울타리가 쳐졌다. 성공은 울타리 밖의 돈을 거머쥐는 게 아니었다. 새로운 울타리를 세우고 그 속에서 나의 세계를 만드는 일이었다. 울타리 기둥을 세울 땅을 평탄하게 만드는 일, 지주대 기둥을 깊숙하게 박는 일, 감정이 잘 해소될 수 있는 배수구를 확보하는 일, 기둥이 흔들리지 않게 가로대를 연결하는 일같은 여러 기초작업을 해야했다. 내가 바라는 모습을 이루기 위한 습관을 만들고, 성취한 것들이 단단하게 서있을 수 있는 날을 맞이할 준비를 하고, 지속될 수 있도록 노력하는 일을 성공으로 이해했다.

“넌 할 수 있어. 원하는 모습이 현실이 될 거야.”

매일 다가오는 낙담, 불안, 의심을 떨치기 위해 30가지의 문장을 만들어 읊었다. 작은 습관들을 몸에 물들이며 꿈을 꾸고 한 걸음 걸어가고, 목표를 세우고 또 한 걸음 걸어갔다. 조금씩 발전하는 나의 모습을 확인하면 어제보다 나은 사람이 된 것 같아 자신을 더 사랑하게 되었다. 믿어주고 사랑하고 꿈을 꾸었더니 현실이 되어 있었다.

지금 이 순간이 꿈이라면 계속 꿈을 꾸려고 한다. 1년 뒤 현실이 되어 있을 꿈을 오늘도 꾼다.

-에필로그-

"당신의 시야각은 몇 도인가요"

고3. 서울에 있는 대학을 알아보지 않았다. 궁금하지도 않았고, 형편상 대학에 갈 수 없다고 단정했다. 고등학생 시절 나의 시야각은 부산이 전부였다.

20대. 지독하게 일만 했다. 집과 회사만 왔다 갔다 했고, 자취방에는 TV가 없어 뉴스를 보지 못 했다. 묵묵히 일하고, 달달이 들어오는 급여에 만족했다. 20대 나의 시야각은 자취방과 회사를 오고가던 7호선이 전부였다.

30대. 혼기가 찼을 때 나의 시야각에 들어온 지금의 남편과 결혼했다. '연애를 더 해볼까? 다른 남자는 어떨까?' 이런 건 궁금하지 않았다. 30대는 남편과의 결혼을 후회하진 않으니 나의 비좁은 시야각 적용 제외다.

육아할 때는 빈번하게 허덕였다. 이렇게 하는 게 맞는지 저렇게 해야 맞는지, 이게 좋은지 안 좋은지… 아는 게 없었다. 육아서, 블로그, 인스타그램, 유튜브 등 차고 넘치는 정보들이 있었지만, 나 자신이 움직이지 않았기에 그런 세상을 보지 못했다. 육아 정보는 SNS를 통해 처음 알게 되었다. 살아야 하는 이유, 잘 살아야 하는 이유, 재미있게 살아야 하는 이유를 알려주었다. 시야각 밖의 세상은 신선했다. 그리고 깨달았다. 나의 걱정은 걱정도 아니라는걸. 누구나 비슷한 고민과 걱정을 안고 살아간다는 걸. 시야각 밖의 세상을 발견하지 못했다면, 나는 아직도 내가 쳐놓은 울타리 안에 갇혀 있었을지도 모른다.

밤 10시. 아이를 재우고 엄마들은 온라인 세상에서 모인다. 자신의 비전을 이야기하고, 앞으로 나아가고자 목표를 공유하며 인사이트를 확장한다. 그 시간만큼은 엄마가 아닌 '나', 각자의 이름 석자를 걸고 보내는 시간이다. 그들은 10시만 되면 몸이 아파도, 아이가 아직 잠들지 않아도, 비디오를 끄고 이어폰으로 목소리만 들으면서 수업에 참여하는 강한 의지를 내비쳤다. 주경야독하는 육아맘, 워킹맘들이 이렇게 많다는 걸 몰랐고, 내가 그런 사람이 아니었을 때는 그들이 그저 대단하고 멋졌다. 그들은 단단한 엄마들이었다.

"종일 아이와 씨름했어요."

"몸이 아팠어요."

"남편과 투닥거렸어요."

"그냥 힘든 하루였어요."

"저희 아이가 잠을 늦게 자서 참여가 힘들어요."

여러 가지 핑계를 대며 배움을 미루었던 과거의 나를 반성하기도 한다. 그들과 함께했을 때부터는 문제도, 고민도 마법처럼 해결되는 일들이 연속으로 일어났다. 그리고 곧 나도 누군가에게 '대단하다'라는 소리를 듣게 되는 날도 왔다.

온라인 사업을 시작하게 된 것도, 책을 쓰게 된 것도, 은인을 만난 것도, 행운을 만난 것도, 모두 '도전'이라는 단어 하나로 생긴 결과들이었다. 세상은 내가 준비된 만큼 자신을 열어 보여준다. 스스로 움직이지 않으면 보이는 것만 믿고, 아는 만큼만 생각하게 된다. 시야각을 360도로 펼치는 일은 몸을 움직일 때 가능해진다. 누군가를 대단하다고 생각한다면 반대로 나도 대단한 사람이 될 수 있다.

초판 1쇄 발행 2022년 12월 31일

지은이 박시은
펴낸이 김영근
기획 김영근, 손원희, 지준원
편집 김혜인, 김영근
마케팅 김영근, 김혜인
일러스트 용쓰
디자인 김영근
인쇄 팩토리B
펴낸곳 마음 연결
주소 수원시 권선구 매송고색로 526 SG스퀘어 401, 402호
이메일 nousandmind@gmail.com
출판사 등록번호 251002021000003
ISBN 979-11-978445-4-6
값 14500원